新潮文庫

えどさがし

畠中　恵著

新潮社版

10105

目次

挿画　柴田ゆう

えどさがし

五百年の判じ絵

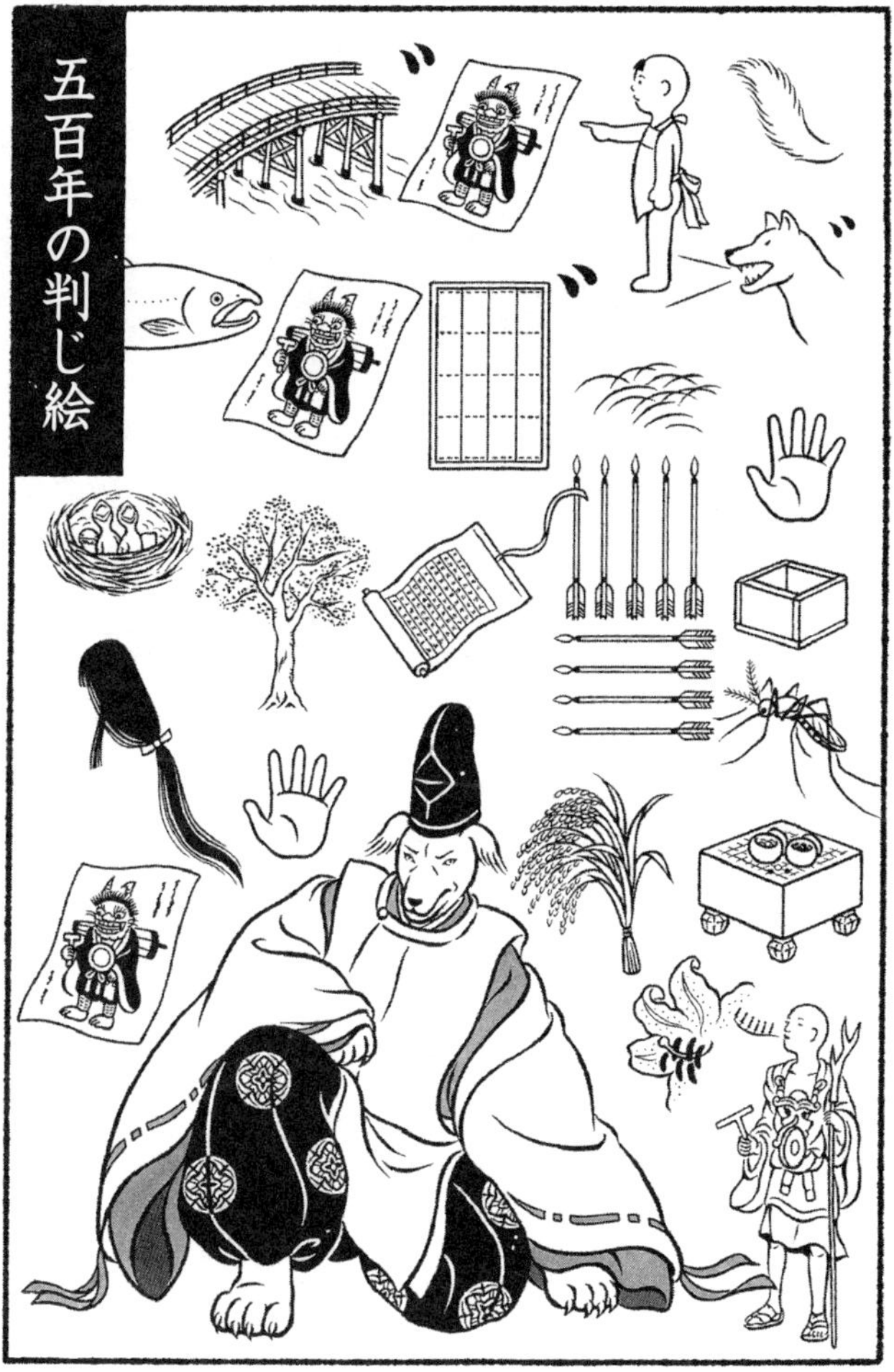

1

妖《あやかし》である犬神《いぬがみ》は、そもそも弘法《こうぼう》大師の手になる、一枚の絵であった。

弘法大師空海は、真言宗の開祖だ。手にした杖《つえ》にて地を突けば水が湧《わ》き出《い》で、地を荒らす竜に出会えば、それを封じ込める力を持っていたとされるお方であった。

昔、その大師が害をなす猪《いのしし》を除《よ》ける為《ため》、料紙に呪禁《じゅごん》を書かれた。犬神はその中に描かれ、この世に生まれたのだ。

大師は御札とも言うべき料紙を、山と小川が連なり、田畑が広がる村へ使わされた。御札の中にあった犬神は、大師の意を受け、その力で猪を退けた。故《ゆえ》にその地で、長年大事にされていた。

ところが。

時が過ぎ、大師も村から去って久しいある日、不埒《ふらち》にもその料紙を入れ封じた紙を破り、中を見る者があったのだ。途端、犬神は絵から外に飛びいで、妖としてその姿を世に現す事になった。

御札から離れてしまえば、置かれていた地にこだわる事も無い。犬神は村を去り、大師を求め旅をした。そして大師が間近におわす気を感じ、京の寺近く、山と田畑と村のある地へ落ち着くと、そこで暫《しばら》く、やはり猪を退けていた。それが最初に、大師から言いつけられた事であったからだ。

しかし。

人は驚く程、はかなかったのだ。ある日、大師の気配が地から消えた。妖である犬神は、主《あるじ》を失った事を承知したが、そんな日が来るとは思ってもおらず、ただただ呆《ぼう》然《ぜん》とした。つまり、どこで何をすれば良いのか、犬神には分からなくなってしまったのだ。

もう、呪禁の絵には戻れない。

大師にも会えない。

今は道を、右へも左へも好きに歩んでいい。

だがどちらにも、何の用もない。

「やれ、どこへ行きゃあいいんだ？」

大師亡《な》き今、どの地にも縁を感じられず、いずこも犬神の居場所ではなかった。もはや猪を追う気にもなれぬ。犬神はとにかく馴染《なじ》みの地、京の道の端に立ってみた。

「今はこの京の地しか、良く知る場所はない。これからもここに住めばよいのだろうか」

何年も暮らして来た町へ、縋《すが》る眼差《まなざ》しを向けてみる。だが。じきに犬神の口から、苦いような言葉がこぼれ落ちた。

「……参った。ここは俺の、居場所じゃないようだ」

居ようと思えば、暫くの間、京で暮らしていけるとは思う。だが己は人ならぬ者だから、この後それはそれは長く生きる。それ故、ひとっ所に留まれば、その内犬神が死なぬ事を、いぶかしく思う者が現れる筈《はず》だ。京にこのままいても、遠からず去らねばならない日が来るだろう。

それを気にしつつ暮らすのも気ぶっせいで、犬神は京の地から離れる事にした。だが、去るにしても問題が残る。

「俺は目の前の道を、西に向かうのか？　東へ向かうのか？」

そんな事も分からないで、来年、いや明日、それどころか今晩、どうする気なのかと己に問うてみる。しかし、答えが見つからない。こんな境遇の者がこの世にいるのかと、いささか呆《あき》れる気持ちになったが、いるのだから仕方がない。

そして。

小半時もしない内に、犬神は適当に、西へと歩を進め始めた。道を右に向かったのには、本当に何の意味もなかった。ただ、暮れてまた明日になっても、同じ道端に立ち続けている訳にもいかない。そうと分かったので、とにかく歩き始めたのだ。

あての無い、どこかへ向けて。

数え切れない程の夜と、その後に巡ってくる昼が、訪れては過ぎていった。世を治める者の名が、何度も変わった。人々が着るものも、暮らしの仕方も違ってきた。人に紛れて過ごしている犬神も、着物や名を年と共に変えたりもした。

しかしいつの頃からか、佐助《さすけ》と名のる事になっていた。

(一体いつから、どうしてこの名を使うようになったんだっけ?)

思い出せなかったが、少し前まで一緒にいた若だんなが、この名で呼んでくれたから、確かに気に入ってはいた。

そして。

気がつけば世は、徳川のものとなった。合戦が無くなり、世間は随分と賑《にぎ》やかになっている。夏の強い日差しも和らぎ、旅をするのに楽な季節が巡ってきていた。

佐助はあれから多くの日々を、旅をして過ごしていた。今は京の三条大橋から、江戸の日本橋へと向かっている所で、東海道の途中、三島宿にいる。日の本を西の果てまで旅し、今度は江戸へ、とって返しているのだ。だが、いまだ箱根の山は越しておらず、日本橋までは三十里近くが残っていた。

本当であれば、夜明け前の七つ時には宿を立ち、道を急ぐべきなのだろうと思う。旅人は、一日十里、歩くと言われているのだ。

だが急ぐ旅をしていない佐助は、街道脇《わき》の茶屋で一服していた。

(三島女郎衆が大勢居るからかね。この宿は賑やかだ)

そういえば、江戸から上ってくる旅人にとって、ここは箱根を越えた所にある。

(ほっとして、落ち着きたい宿かな)

江戸へ向かっている佐助は、この後箱根の峠を越え、小田原で泊まる心づもりであった。だが、いざとなれば箱根で泊まってもいい。あての無い一人旅だから、どうとでもなる。それで床几《しょうぎ》に座りつつ、ゆったり構えていたのだ。

するとこのとき佐助は急に、隣の床几へ眼を向けた。近くにいた男が、突然己の名前を呼んだからだ。

「はあ……こんなんで、『佐助』のことまでちゃんと、考えられるのか」

『佐助』と口にしたのは、まだ若い男であった。小ぶりな樽《たる》を三つ載せた馬を近くの杭《くい》に繋《つな》ぎ、眉間《みけん》に皺《しわ》を寄せつつぼやいている。佐助は、ひょいと片眉《かたまゆ》を引き上げた。

（おやこの男、並の……人ではないね。お仲間だが、俺の知り合いじゃないな）

長く長く生きてはきたが、ずっと旅をしている佐助には、大して知人はいない。三島宿の茶屋に、佐助を知る者などいるはずもないのだ。目を向けると、賑わう茶屋内で一人渋い顔をしている男は、近くの柱に目を向け、もう一度溜息《ためいき》をついた。

「佐助、かぁ」

見ればその柱には、掌《てのひら》よりは大きい程の紙が貼《は》り付けてあった。佐助は茶を飲みつつ、目をしばたたかせる。柱に貼ってあるものが何か、分かったのだ。

（おや、ありゃ判じ絵じゃないか）

判じ絵は絵の組み合わせで、言葉やものを表す謎解《なぞと》きだ。上手《うま》く作れば面白い遊びになるし、人に才を自慢できるから流行《はや》っていた。

「しかも、結構長い判じ絵だな」

佐助の知る判じ絵は、墨で簡単な絵を、一つ二つ描いたものが多かった。だが柱に貼ってあるものは、絵の数が多い。つまり文字一つを表しているのではなく、長い文になっているのだ。日頃時を持てあましている佐助は、思わず見入った。

「結構難しそうだな」

そう思うと、己も絵解きをしてみたくなる。何行もある絵を目で辿《たど》り、どこか簡単な所がないかと見た後、末尾の文ならばと読み解き始め、佐助は小さく頷《うなず》いた。

「『さけ』の絵が半分になってる。つまり、『さ』だな。次は鳥の巣……巣だから、『す』か。その次は人の絵だ。指しているのは髪だから、『かみ』。最後は絵で、『え』か。末尾だから、『へ』と読むのかね。併せて『さすかみへ』」

口に出してみたが、何のことだか分からない。それで三文字目を髪ではなく、毛と読み変えてみて、佐助は目を見開く事になった。

判じ絵の末尾が、『佐助へ』と読めたからだ。

「えっ？　俺に宛《あ》てた判じ絵なのか？」

驚いて、床几から腰を浮かしかけたが、直《す》ぐに苦笑を浮かべ己に言い聞かせる。

「おい、落ち着け。佐助という名は、珍しいものじゃないだろうが」

今し方も隣に座る男から、その名前を聞いたばかりではないか。きっとあの男もこの判じ絵を読み、佐助と口にしたのに違いない。

「俺と同じ名の『佐助』宛てなのは、たまたまの事だ」

思わずそうつぶやく。するとこの時、馬の主が急に顔を上げた。それから、しばしまじまじと佐助を見た後、大きく一つ頷き、話しかけてきたのだ。

「あのぉ兄さん、兄さんは、佐助さんと言うんですか？　もしやそれで、その判じ絵の末尾が気になってるんですね？」

ええ、その判じ絵は、『佐助』さんへ宛てたものに違いないんですよと、男は言葉を続けた。

「この茶屋で、判じ絵を読んだ人は、皆、そう言ってます」

男は朝太という名で、高名な主に仕えている者だと語った。よく旅をし、この茶屋に寄る事も多いそうで、柱にある判じ絵についても詳しいと言う。朝太によると、柱の判じ絵は三月程前、誰かが貼っていったものらしい。

「あたしは、判じ絵を解くのが好きなんです」

茶屋の判じ絵は、一見直ぐに解けそうなので、朝太をはじめ、旅人達がこぞって絵解きをした。だが実は結構手強《てごわ》くて、まだ読み解かれていない。どう考えても分からない文が、途中にあるのだ。

「ひょっとしたら作った奴《やつ》が、途中の判じ絵を描き間違えたんじゃないかって、皆、言ってますよ」

「おや、じゃあ大方は、何と描いてあるか分かってるんだ。ならばそこだけでも、話しちゃくれないかな」

試しに佐助が頼んだところ、朝太は一旦《いったん》気軽に頷き……しかし何故《なぜ》だか直ぐ、情けない顔つきになる。そして首を横に振った。

「ああ、いけない。悪いけどあたしは今、困りごとで手一杯なんです」

なのに、『佐助』という名前が気になり、朝太はつい口を出してしまったのだ。

「半端《はんぱ》なことを言って済みません」

そう言うと、力なくうな垂れ身を小さくしたものだから、佐助が思わず、どうしたのかと問う。すると、朝太は馬に積まれた三つの樽に目を向けた。

「あたしがお仕えしている方は、葡萄《ぶどう》がお好きでね。だから季節になると、我ら従者は山へ入り、葡萄を調達してくるんですよ」

小ぶりな樽の内に籠《かご》を重ねて入れ、はるばる三河の山から運んでくるのだ。

「樽を使うのは馬の背に積みやすいし、山の村から運び出すのに都合が良いからで」

今回も、後少しで江戸へ着く所にまで来た。なのに。

「今朝方宿で樽を馬に積もうとして、妙な音に気がついたんです。慌《あわ》てて中を確かめたら、葡萄が潰《つぶ》れて、汁に化けてました」

遠くから運んできたのに、樽の中は泡が立ち、妙な匂《にお》いまでしていた。

「葡萄が無くなってしまった。どうしたらいいのか」

朝太は朝から頭を抱えていたのだ。

「そいつは大変だな」

するとその時、佐助は思わず樽へ目を向けた。樽の陰で、何かが素早く動いたのだ。

（おや？）

周りの客達がこちらを見ていないのを確かめてから、佐助は朝太のいる床几へと移った。そして、どう話を切り出したものか迷った後、とにかく小声で語りかける。

「朝太さん、あんた、化け狐《ぎつね》だろう？」

朝太は、正体が知れるとは思っていなかったらしい。床几から飛び上がらんばかりに驚いたので、佐助は落ち着けと、急ぎその肩を押さえた。

「実は俺も妖なのさ。だから同族が居れば分かる。それで、だ」

朝太が大きく息をついた横で、佐助は馬の背の樽を指した。そして葡萄が駄目になった訳を告げる。

「さっきから小鬼が、樽の周りをうろついてるよ。ありゃ、鳴家《やなり》じゃないかね」

鳴家は家を軋《きし》ませる妖だ。人の目には見えないから、茶屋に居ても騒ぎにはならないが、どうして家の外へ出て樽に取り憑《つ》いているのか、とにかく珍しい。それでよく見てみたところ、何と小鬼達は小さな手に葡萄の実を持っており、もぐもぐ食べていたのだ。

「こりゃ樽の葡萄は、悪戯者《いたずらもの》の小鬼が面白がって潰しちまったんだな、半分以上は、食っちまったのかもしれないが」

「小鬼？　ありゃ、本当にいるわいな。何で樽に取っ憑いてるんだ？」

怒りで赤くなった朝太の顔が、見えたに違いない。小鬼達は一斉に陰の中へと逃げた。しかし朝太も妖だ。小鬼をひっ捕まえる為、陰へ飛び込もうとしたものだから、佐助は慌てて朝太の襟首を摑《つか》み、止める羽目になった。

「朝太さんっ、止《や》めろっ。ここは賑やかな街道沿いの、茶屋の中なんだぞっ」

人が消えたり、姿の見えない小鬼が喚《わめ》いたら、大騒動になってしまう。佐助が強引に床几へ引き据えると、朝太は泣きべそ顔を佐助へ向けてきた。

「佐助さんは本当に、力が強いんですね。確かに力は合格だが、おかげで小鬼が逃げちまいましたよぅ。どうするんですか？」

大事な葡萄が駄目になった訳を、朝太は主へ告げねばならない。

「こうなったら佐助さんが、この騒ぎ、何とかして下さい」

「は？　合格って何だ？　いや、事を何とかしてくれって、何で俺に頼むんだ？」

「半端に助けておいて、私を見捨てるんですか？　不人情なんて、間抜けよりもいけません。駄目ですよ。何としても助けて下さい」

何故だか朝太に強く出られ、佐助は思い切り眉尻《まゆじり》を下げる。

「そんなことを言ったって、朝太さんはつい先程、会ったばかりのお人だろうに」

何で佐助が、化け狐の困り事を何とかせねばならぬのか、さっぱり分からない。しかし小鬼が逃げたのは確かに、佐助が朝太を止めたからだ。その朝太に泣きつかれたら、知らぬ顔も出来なかった。

（やれやれ）

溜息が出たが、どうせ佐助は暇を持てあましている。半日手を貸し、小鬼を捕まえても良いではないかと、ふとそんな気になった。

（やることが、出来たってもんさ）

それで。

佐助は何とも軽く、困っている化け狐朝太を助けると約束をしてしまったのだ。

2

ずっと茶屋に居つづける訳にもいかず、朝太と佐助は、とにかく三島宿の茶屋から腰を上げた。佐助は暫く朝太と共に街道を歩み、人のいない間を狙《ねら》って、小鬼を捕まえる事にしたのだ。

ところが。いざ出立と、樽を括《くく》り直したその時、朝太が突然声を上げた。

「佐助さん、佐助さん、佐助さん！　なんと、ありました。葡萄です。籠の間に、一房だけ無事な葡萄を見つけました」

途端、朝太は考えを変えた。まずは大事な葡萄が入った樽を、しっかり馬に縛りつけると、佐助へ、新たな頼み事をしてきたのだ。

「葡萄が残ってたんです。ならば小鬼を捕まえるより、この一房を無事に、江戸へ持ち帰りたいと思います」

ただ、問題もあるという。

「一人旅なんで、葡萄を小鬼達から守ろうと思ったら、宿で風呂《ふろ》にも入れません。佐助さん、半日とは言わず、江戸の主の住まいまで、一緒に旅をしてくれませんか」

送ってくれれば、ちゃんと礼はする。後生ですと言われ、先にあての無い佐助は断れなかった。それに元々、江戸へ向かっていたのだ。

「しかし、道連れが出来たとは珍しい」

気ぶっせいだなと思ったものの、いざ朝太と話しながら街道を歩んでみると、連れがいるのはなかなか面白かった。ぬかるみに竹が敷かれた坂道を抜け、何とも鄙《ひな》びた箱根の関所を通る時も、旅慣れた者同士でいると退屈せず、すんなりとゆく。

杉並木沿いの道に入った後は、結構急な坂が多かった。だから馬を連れた二人は、休みを取れる立場《たてば》では、甘酒茶屋でも畑宿《はたじゅく》でも腰を下ろす事にした。

「坂道は思いの外、足に響きますからね。佐助さん、今晩は湯の内で、せっせと足を揉《も》まなきゃなりませんよ」

朝太はお節介な程あれこれ言い、佐助の事も色々聞いてくる。おまけに売っている食い物を見つけると、直ぐに買って佐助にも勧めるのだ。

「なあ朝太さん、化け狐ってぇのは結構お喋《しゃべ》りだし、食いしん坊なんだな」

山中の道を歩みつつ言うと、朝太は饅頭《まんじゅう》を頬張りながら笑った。小鬼を捕まえる用もなくなり、暇になった佐助は、ふと気になって連れへ問うてみる。

「それにしても朝太さん、何で小鬼達に葡萄をやられたんだと思う？　妖と喧嘩《けんか》でもしてたのかい？」

　長く生きているが、鳴家が馬の荷に取り憑いた話を、佐助は聞いた事がなかった。するとと朝太は、困ったような顔で目をきょろきょろと動かし、軽く馬の首を撫《な》でる。それから声を潜めると、心当たりはあると話しだした。

「あたしは今、人に化け町で暮らしてるんです。今の家にも、鳴家達がいます」

　主はいつも、家に置いてある菓子を鳴家達が食べても、気にしないでいる。だから小鬼達は、すっかり甘味を好いてしまったのだ。

　ところが最近家では、菓子を部屋に置かなくなった。お嬢さんに子が出来、急に菓子の匂いが嫌だと言い始めたからだ。

「それで小鬼達は、お菓子を食べられなくなりました。だから甘い葡萄が食べたくなり、付いてきたのかもしれません」

「おやおや」

　佐助は頷いた後、もう一つ気になって朝太へ聞いた。小鬼達のつまみ食いを怒らないとは、主も妖なのだろうが、太っ腹な御仁だ。

「偉い方らしいが、一体どういうお方なんだい？」

「いや佐助さん、それはその……実はその……いや、商いをしておいでなんですよ」

朝太は簡単に言うと、わざとらしくも道端の笹《ささ》を手で払い、急に話を変えた。

「ところで佐助さん。今回はあたしの用に付き合わせちまって、本当に済みません。お礼と言っちゃなんですが、道中、あたしは例の謎をしっかり考えますから」

気になっていたでしょうと強く言われたものだから、佐助は一瞬ぽかんとした表情を浮かべた。そして旅の相棒を見る。

「えっ、どうして話が、いきなりそっちへ行くんだ？　何が気になるって？」

途端、今度は朝太が不思議そうな眼差しで、佐助を見てきたのだ。朝太は苦笑を浮かべた。

「忘れちゃったんですか、三島宿で見た判じ絵、まだ解けてませんよ」

「判じ絵？　茶屋にあった判じ絵のことか？」

そういえば葡萄の事に話が移って、そのままになっていたなと言うと、朝太が頷く。

「あれは『さすけ』さん宛ての判じものですから、ちゃんと解かなきゃね。絶対忘れちゃいけません。何としても駄目です」

「しかし難しくて、なかなか分からないでいたものだよな。そんなにこだわらなくても」

佐助は大して気乗りせずに言う。朝太も、茶屋で判じ絵を見た者達も、皆解けなかった代物《しろもの》なのだ。

するとここで、朝太が思いきりにやりと笑った。そして大いに胸を張ってから、あの難問が大方解けたかもしれないと、急に言いだしたのだ。

「本当かい？　ならば凄《すご》いもんだ」

「実は、佐助さんが現れたおかげなんですよ、解けたのは」

思い出して下さいと、坂を身軽に歩みつつ朝太は言った。

「あの判じ絵に描かれていた宛名は、『さすけ』でした」

だが、読み解けたと思った判じ絵の文に、妙に思える箇所があった。それで誰も、最後まで読み進めずにいたのだ。

「ですが佐助さんに会って、不意に分かったんです！」

もし、あの判じ絵が届けられるべき『さすけ』が、佐助と同じく人でないとしたら。

「つまりあれが本当に、お前様宛ての判じ絵だったなら、意味が分かるんですよ」

佐助は目を見開く。

「そいつは、どういうことだ？」

「一つあたしの絵解きを、聞いてみますか？」

朝太はまたにやりと笑うと、馬の口取り縄を握り直してから、己の懐《ふところ》を探る。すると驚いた事に、あの判じ絵が出てきたのだ。

「何でそんなものを、持ってるんだ?」

「なかなか解けないもんで、旅の途中で考えようと写したんです。そっくりでしょ?」

佐助は片眉を上げる。朝太が見せたものは、確かに元の絵と驚く程似ていた。

(こいつ、どうしてこの判じ絵に、こんなにこだわるんだろうか)

佐助が首を傾《かし》げている間に、朝太は初めの一文は割と易しいと言い、さっさと説明を始める。

「最初は尾っぽの絵。これは『お』と読むんでしょう」

頷くと、佐助も横から絵を覗《のぞ》き込み、口を出した。

「次は、犬が吠《ほ》えてるから、『ほえ』かな。それから手の絵があるので、『て』。次の四角い箱みたいなのは、『かく』か?」

最初の行の、末尾にあるのは蚊だろう。だから『か』だ。

「お、ほえ、て、かく、か……なんだそりゃ?」

何が拙《まず》いのか、見事に意味が通らない。すると朝太が笑った。

「吠える犬の横に、点が二つ描いてあります。だから『ほえ』じゃなくて、『ぼえ』

と読むんですよ」

つまり『お、ぼえ、て』となり、『覚えて』と読むのだと分かる。最後の絵は『か』に違いないから、間にある四角いものは、きっと、ものを計る升の絵だと、朝太は言いだした。この一文の読み方は、茶屋に集まった客達の意見も一致していたのだそうだ。

「始めの文は、『覚えてますか』と、読むに違いないんですよ」

「なぁるほど」

佐助が大いに頷くと、化け狐は踏みやすい石畳を選びながら歩み、二行目の判じ絵を読み解いていく。

「二行目、こいつが難しかった」

最初の絵は、碁盤だ。白と黒の碁石が乗っかってるから、これは確かであった。つまり『ご』と読む訳だ。

「ここからが難儀なんです。次に、下半分が無い花と、何やら祈っているような人が描かれてる。その下には、横を向いた人がいて、指を前方に向けてる」

この三つの絵は、茶屋の客達の間で揉めていたものであった。花が半分で『は』、次を『いのり』、最後を『まえ』と読むと、『ごはいのりまえ』となり、意味が通らない。

「しようが無い。あたしは読み方を、色々変えてみました」

三つ目の絵を、祈りではなく、念力の『ねん』と読んでみる。すると、『ごはねんまえ』となり、少し言葉らしくなった。

多分、『ねんまえ』の部分は、『年前』の意味で、合っているのだ。となると、おかしいのは花の読み方となる。だが、読みを変えても意味が分からず、悩んだ。

「すると今年、葡萄を買いに行った先で、あたしは山百合《やまゆり》を見ましてね。それでふと気がついたんです」

ひょっとしたら判じ絵の花は、百合ではないかと。もしそうなら、あの半分の花は、『は』と読むのではなく、百合の半分、『百』となるのではないか。つまり『ひゃく』だ。

「おお、解けた。意味が通ったと思いました。『ごひゃくねんまえ』、つまり『五百年前』、これが二行目の読み方だと思ったんです」

まだ三行目を読み解いていなかったが、判じ絵を作った御仁は、『さすけ』へ、五百年前のことを覚えているかと、問うていると思った。

「実は同じ頃、三島宿の茶屋で、二行目を五百と読んだ人がいたそうですが」

ところが。

「そのお人、思いつきが可笑《おか》しいと、茶屋の皆に笑われてしまったというんですよ。人なら何故かって？　そりゃ、五百年前と読み解いた事が、妙だって言われたんです。とうに死んじまってる年月だ」

「なるほど。死んだ相手に、覚えてますかとは、言えないわな」

頷く佐助の横で朝太は、でも、しかしと続ける。

「判じ絵に描かれていた『さすけ』さんが、妖であるお前さまなら、話は別だ」

つまり判じ絵の二行目は、とうに読み解けていたあの言葉なのだ。朝太は今、そう確信しているらしい。

「で、佐助さん。何か覚えている事はありませんかと？」

突然箱根の坂道で問われ、佐助は狼狽《うろた》えた。

「はあ？　あのな、俺が幾つだと思ってるんだ。余りたくさんの事に出会いすぎてて、昔の事なんか忘れちまってる。そんな風に聞かれても、分からんよ」

「佐助さん、五百年前、既にこの世におられましたよね？」

問われて佐助は久々に、生まれ出でてからの年月を数える事になった。そして今更ながら、長い長い年月、さすらっていたと気づく事になった。

「魂消《たまげ》た。俺はそろそろ千年近く、生きているのか」

正直なところ、五百年前どこにいたのか、佐助にはとんと分からなかった。しようが無い事だと、朝太は深く頷く。

「しかし千年とは凄いですね。いや佐助さんは、力の強い妖であるようだ」

妖として長く身を保てるということは、その力の証《あかし》と考える事も出来る。感心する化け狐朝太の横で、佐助は眉根を寄せた。

(千年、一人でいたんだなぁ。もっとも、ずっとさすらってた訳じゃない。さすがにどこかへ、暫く落ち着いた時期もあった)

胸がちくりと痛んだ。昔、一時奉公した時、辛《つら》い別れがあったことを思い出したのだ。それが嫌で、暫く人を避け山中の洞窟《どうくつ》の奥にいたりした。冬眠する熊《くま》のように何年も、ほとんど寝て過ごした。

だが、寝続ける事が出来ずに起き出すと、一人きりで山に居ることに耐えきれない。また世間へ歩き出す事になり、そして驚く程長い間、どの里にも落ち着けぬまま、旅が続いている訳だ。

「千年、どうやって暮らしてたんですか?」

朝太の目が、佐助の継ぎ当てても無い着物を見たので、金の事を問われたのだと分かった。

「暗くなってから、川や港の船だまりなんかへ潜るんだ。すると人が落としたり、沈んだ舟から出た金品が、結構見つかるのさ」

妖の佐助でなければ手が届かない川の奥底、泥内にあって、既に持ち主も分からなくなっている金だ。貰《もら》うのに遠慮は要らないから、佐助は路銀には困らなかった。

「ははあ。上手く出来てますね」

朝太は納得顔で頷いた。佐助も、ありがたい話だと思っている。ただ。

「いい加減、そんな暮らしにも疲れてるがな」

口にはしないが、佐助はただ生きている事にさえ、そろそろうんざりしていた。最近は、道を行き交う旅人と己を引き比べると、苦笑しか浮かんで来ない。誰もが己よりも元気で忙しそうで、足早に思えた。旅人たちには、行き先があるのだ。

(このままじゃその内俺は、妖で居つづける事が出来なくなりそうだ。ある日ただの紙と墨に、戻ってしまうかもしれん)

気がつくと街道脇の草むらに散って、消えてしまう訳だ。妖が生まれたと聞く事は多いが、不思議と増える一方ではない。多分、静かな終わり方をする妖も少なくないのだろうと、最近分かってきたところだ。

「千年は、長い。長すぎるんだ」

するると佐助のつぶやきを聞いた朝太が、横で歩みつつ、戸惑っている。

「何で千年が長いんでしょう？　我が主など、齢《よわい》三千年と言われております。我ら妖《よう》狐《こ》は皆、そのようになれたらと願ってますよ」

「齢……三千年？　はて、どこかで聞いた事がある言葉だな」

思わず首を傾げたその時、佐助は片眉を引き上げた。朝太が引いている馬の背に、一寸《ちょっと》、小鬼の姿が見えたからだ。よく見れば樽の陰に何匹かいる。

（何と鳴家が、戻って来ているのか）

これには驚いた。一瞬、余程葡萄が好きなのかと思ったが、樽の葡萄は既に無い。最後の一房は朝太が後生大事に、手元に置いているから、さすがに近づけないだろう。

（何で帰ってきたのやら）

小鬼らは興味津々《しんしん》、佐助達を見ているように思えた。佐助は急ぎ連れの妖狐へ目を向けたが、朝太は暢気《のんき》な顔で馬を引いている。

（妖狐ともあろう者が、小鬼の気配に気づいていないのか？）

この時朝太が、大真面目《おおまじめ》な顔で口を開いた。しかしそれは小鬼の事でなく、佐助の昔についてであった。

「佐助さん、五百年前の事ですが。誰かに会ったとか、いつもと違う事をしたとか、そういう事はありませんでしたか？」

「へっ？　あのな朝太さん、どうしてその話ばかりするんだ？」

佐助は思わず、こめかみに手を当てる。しかし目をやると、小鬼は既に馬の背におらず、その話も出来ない。仕方なく、真面目に答える事になった。

「五百年前となると、誰が日の本を治めていたのか、それすら思い出せないな」

確かまだ徳川の世ではなかったと、思いつくくらいだ。

「どう考えても、何も浮かんで来ないよ」

朝太はそれを聞くと、両の眉尻を大げさなほど下げた。そして、もう少し考えればいいのにとぶつぶつ言っている間に、街道は平坦《へいたん》になってくる。歩くのがぐっと楽に感じられ、佐助はほっと息を吐いた。

「どうやらようよう、箱根のお山の内から出たかな」

だが朝太は懲《こ》りずに五百年、五百年と、隣で念仏のように唱えている。仕方なく佐助も、もう一度真剣に考えてみた。

すると。

不確かな記憶の向こうに、霞《かすみ》のように何かがわき立ってくるのを感じたのだ。驚く事に、佐助は本当に、誰かと約束事をした気がしてきた。

「本当か？　一体……誰と？」

五百年という言葉に、何故だか美しい面影が重なってきた。誰なのだろう、心がざわめく。

（ああ、綺麗《きれい》だ……）

だが。

その面影は直ぐ、風に吹かれた綿毛のように、どこかへ飛んで消えた。視線の先に小田原の宿が見えて来て、その賑わいが、目から耳から飛び込んで来たからだ。朝太がほっと息をつく。

「腹も減ってきました。ああ、早く宿屋へ入って、寝転がりたい」

宿では店々の大戸が開き、人が行き交っている。物売りの姿も多い。二人は厩《うまや》のある良さげな宿を探そうと、道の両側へ目を向けた。

3

翌日の事。

山越えで疲れた上、のんびりした旅をする佐助に引っ張られる形で、二人は並より遅めの刻限に旅籠《はたご》を出た。早立ちの者なら暗い内から旅立つものだが、既に辺りはすっかり明るく、街道には大勢が歩いている。

「やれ、今日は保土ヶ谷《ほどがや》宿まで行きたかったんですが、無理かな。そうすれば次の日には、江戸の日本橋へだって着けたのに」

そうは言ったものの、朝太も急いではいない。せっかく小田原にきたのだから、名物の丸薬、外郎《ういろう》を買いたいと言いだし、佐助も頷いた。旅を続けている身に、頭痛や胃熱に効くという薬はありがたい。

「そうだな、俺も購《あがな》っていこう」

小田原は近くに海もあるので、葡萄が無くなった分、土産に塩辛なども欲しいという朝太が、店を探す。

その時の事だ。

街道に、姿の見えない小鬼の大声が響き、旅人達の足を止めた。何が起こったのかと、佐助達も顔を強ばらせる。

すると、そんな緊張した場へ、道脇の店から突然人が飛び出してきたのだ。まだ若き娘であった。

「わあっ」

　佐助と朝太が驚きの声を上げたのもどうりで、そのおなごは佐助達の姿を見ると、真っ直ぐ駈《か》け寄ってきた。そして二人の腕をいきなり摑むと、開口一番、とんでもない頼み事をしてきたのだ。

「助けて下さいまし。私、お金が無くって。このままだと、意に染まぬ所へやられてしまいます」

「は、はあ？　あんた、誰だ？　何で会ったばかりの私達が、突然そんな話をされなきゃならないんだ？」

　娘に問うたのは佐助で、本心魂消ていた。縋ってきた娘はそれは綺麗で、困っていると言われれば、男なら思わず手を差し伸べたくなるところだ。

　だが、しかし。

　娘は今確かに、金の事を口にした。よって佐助は直ぐ、腹の底に力を入れていた。

（この女、新手の客引きか？　それとも変わり種の美人局《つつもたせ》か）

　何にせよ、尋常の事とも思えなかった。すると横から、馬の脇に立った朝太が、溜息をつきつつ娘へ声を掛ける。

「お前さんさぁ、どんなつもりか知らないが、そりゃ、旅人に頼む事じゃないわいな」

　途端娘は顔を赤くし、まずはお稲だと名乗ると、ぺこりと頭を下げ謝ってくる。だがそれでも、佐助達が助けてくれねば誰が助けるのかと、怒った顔で言うのだ。

「は？　何でそんなことを……」

　言いかけて、佐助と朝太は黙った。直ぐ目の前に立つ娘の黒目が、猫のように細くなったのだ。

「お前さん、どこのもんだ？」

　佐助が慌てて、小声で問う。お稲はちょいと横手へ目を向けてから、近くにある小さな稲荷《いなり》に縁《ゆかり》の化け狐だと、これまた小声で返してきた。稲荷に勤める禰宜《ねぎ》の遠縁だと言って、お稲は時々人の姿に化け、神社へ来ていたのだそうだ。

「ところが先の大雨で、古くて腐りかけていた稲荷神社の屋根が壊れちゃって。直ぐにも修繕の金子《きんす》が必要になったんです」

　神社ではそれを用意出来ず、困り切っていたところ、氏子の一人が何とお稲に、金持ちの男を押しつけてきたのだ。世話になればその男が、屋根の修理をしてくれるという。

「でも私、その人と一緒に暮らすのは、無理なんですよ。実は、そう長く化け続けていられないんです」

人に化けてもまず、十日も持たない。世話になった神社のためと、男と一日中一緒に暮らせば、間違いなく怪しのものだと分かってしまう。

「困り切って眠れずにいたら、表にいるお前様達を見つけました。お二人とも、人ではございますまい。出会ったのも縁と思って、何とか助けて下さいな」

「縁というか……不運がやってきたような」

つまりは、若いおなごを妾《めかけ》に出来るほどの金子が、この話には関わっているのだろう。もしお稲を助けたければ、それは腕っ節ではなく、金の問題となる。

佐助は、深く息を吐いた。

三島宿の茶屋に座れば、朝太が頼み事をしてきた。小田原へ着けば、今度はお稲が縋ってくる。この分では先にも、更に何かが待っていそうで、鬱陶《うっとう》しい事この上ない。

「妾奉公が嫌なら、狐に戻って逃げればよかろうに」

思いついて、佐助はお稲に勧めてみた。するとその考えに反対したのは、何と朝太だ。

「そんなことをしたらお稲荷さまの屋根が、壊れたままになっちまいます」

それでは稲荷神様に申し訳ないと言いだしたものだから、今度は佐助が、黒目を針のように細くして朝太を睨《にら》む。

「そりゃそうだな。お稲荷様に仕える狐としては、許せない事かもな」

しかし、しかししかしかしかし。

「ならば金子は化け狐のお前さんが、どうにかしな。どうして俺に、話を押っつけてくるんだ？」

するど、朝太が言い返してくる。

「佐助さん、そいつは無理な話ですよ。あたしは商いをしてますが、商売上の金のやりとりは帳面につけるばかり。道中、大枚を持ち歩く事はありません」

つまり、お稲を助けようもないのだ。

「ですからここは、佐助さんが何とかしてくれなきゃ。そうだ、先に金子は、川や海から拾ってくると言ったじゃないですか」

本当にそんなことが出来るのなら、稲荷神社一つ救う事くらい、易《やす》い事ではないか。

小田原には川がある。海も近い。

「佐助さん、ちょいと水に潜って、本当に金が手に入るところを見せて下さいな」

良い機会だと明るく言われ、佐助は再び朝太を睨んだ。

「朝太さん、お前さんときたら俺が泥棒じゃなく、真実川から金子を拾ってるかどうか、試そうっていうのか？」

　不機嫌になった佐助は、恐《こわ》い声を出し、朝太を睨む。江戸へ一緒に旅するという話は、どうせ東へ向かっている所であったから、承知した。しかし今回の金子の件は、それとは違う話だ。

「そもそも神社の屋根は、氏子がどうにかすべきもんだ。禰宜の身内に裕福な旦那《だんな》を押っつけて、誤魔化すような話じゃないぞ」

　氏子達できちんと金を集められるよう算段しなければ、今回はどうにかなっても、次は間違いなく困る。それでは氏子達も神社もやっていけぬだろうと、佐助は言ったのだ。

「おや、確かに」

「それは、そうだわねえ」

　朝太が眉根を寄せ、考えが浅かったと、佐助に謝ってくる。困り切っていた筈なのに、お稲も頷き、二人は佐助さんと朝太さんというのですねと、今更ながらに口にした。佐助はほっと息を吐いた。

「おや二人とも、何とも素直な事だ。分かって貰えて嬉《うれ》しいね」

　しかしお稲は、納得した訳ではなかった。

「でもね、佐助さん。人は目の前に楽なやり方があると、それを忘れられないものなの」

つまり。

「妾奉公の話を断ったら、私はこの地に居られないと思うわ」

神社の屋根修理代を、誰も出してくれなくなるから、お稲は白い目で見られるにちがいないのだ。つまり早々に、馴染《なじ》みの稲荷神社から離れなくてはならなくなる。

「仕方ないですね。なら私、暫《しばら》くお二人と一緒に旅する事にするわ。江戸へ向かっているのよね？　私、名だたる狐《きつね》達が集まる王子の稲荷神社へ、一度行ってみたかったの」

「はあ？　いきなり旅に出る気かい。手形は？　路銀はどうするんだ？」

突然の話に朝太は慌てているが、どうもお稲へ聞く事がずれている。佐助があわてて、家の者達が心配するぞと口にしたが、お稲はにこりと笑った。

「禰宜には、妾奉公は無理だから、里に帰ると一筆送ります。面倒に巻き込まれたから王子へ行くと言えば、仲間の狐達は、あれこれ言いませんよ」

「いやその、だからって若い娘が、見ず知らずの男二人と、一緒に旅は出来まいよ」

「あら、お互い妖《あやかし》だもの。私は構わないですよ」

万一お稲に手を出してきたら、泊まった宿をぶち壊すような騒ぎを起こす。よって二人とも馬鹿《ばか》はしないはずと、お稲はあっけらかんと言った。

「手形はそっちにいる朝太さんが、自分のに似せて、ちょいと書いて下さいな」

同じ化け狐だから、妹とでもしておいてくればいいと、お稲はあっさり言う。

「確かめるすべなんかないし。書面がそっくりなら、大丈夫ですよ」

「では路銀の方は、どうする気なのだ」

「それは……佐助さん、よろしくお願いします」

「はあ？」

結局、佐助が金の工面をする話に、なるらしい。屋根の修理費を払うか、化け狐の路銀を払うか、選べる道は二つに一つという訳だ。

（何で、どうしてこんな事になったんだ？）

一昨日《おととい》まで、百年前と変わらぬ毎日が、ずっと続いていたのだ。それがどうして、かくも妙な事が続く日々に化けたのだろう。

（いつから……）

するとこの疑問は、直ぐに答えが出た。それはこの前、街道沿いの茶屋で判じ絵を見つけてからだと、思い至ったのだ。五百年前のことを、覚えているかと佐助へ問うてきた、あの判じ絵だ。

(あれが始まりなのか？　ならばあの判じ絵を描いた御仁は、一体誰なんだ)

その御仁は、何を考えてあれを作ったのだろうか。覚えていますかと問われても、五百年もの時の向こうは、酷《ひど》く酷く遠い。本当に五百年前、自分は何かを約束して、それ故《ゆえ》に今、事が動いているのか。

(古《いにしえ》から、果たすべき取り決めが、追いついてきたっていうのか)

それは不思議で、驚くような出来事であった。佐助は心より、以前、何があったのか思い出したいと考え始めた。だが、そんな昔の事など、やっぱり浮かんでこない。

(やれ、参った)

佐助が頭を掻《か》いた時、後ろから声が掛かった。

「お待たせ。支度をしてきました」

「は？」

思わず振り返ると、お稲がいつの間にやら草鞋《わらじ》ばきに風呂敷包みを背負った姿となって、佐助達の側《そば》に来ていた。すると朝太が、馬の口取り縄を手に、しょうがないなと言い出したものだから、佐助の顔が引きつる。

「朝太さん、あんた……」

二人の化け狐は顔を見合わせると、揃《そろ》ってにんまりと笑った。

4

宿場の中心から外れ、街道の江戸口見付を歩み過ぎたところで、佐助はこれから水に潜って金子を拾うと、連れの二人に告げた。稲荷神社の修理代を出すと、佐助は決めたのだ。

「お稲さんの旅の金か、修理代か、どちらか出すしかなさそうだ。なら、稲荷神社の修理代をかき集め、お稲さんには小田原宿に残って貰った方が、後の旅が楽だろう」

何しろお稲は、初めて旅に出るというので随分と浮かれ、まだ小田原の宿にいる内から、佐助を悩ませていたのだ。

「私、旅は初めてなんです。楽しみ」

お稲ときたら、さっそく買い物を始め、そして払いは遠慮もなく、佐助へ押っつけてきたのだ。止める間も無かった。

まず団子を三本買ったと思ったら、佐助達に分ける間も無く、全部串《くし》だけになった。次は旅に必要だと、手拭《てぬぐ》いや巾着《きんちゃく》、外郎などを勝手に買い出した。その早業に、さすがは化け狐だと皮肉を言ったら、お稲はあっけらかんと笑った。

「お腹《なか》が空《す》いてたんです。あら佐助さん達は、塩辛を買うんですか。それ、私も欲しいです」

更にお稲は、何故だか張り子の犬を買い、佐助達二人が蕎麦《そば》を食べた時も、一緒にたぐった。払いを回された佐助は道を急ぎ、見付の先に橋を見付けると、まだ昼間だというのに、今、金子を拾うと言い出したのだ。早く神社の修理代を出し、お稲を家へ帰さないと、じきに路銀が無くなりそうであった。

「あのぉ、佐助さん。無理しなくても大丈夫ですよ。私、旅の支度は済んでるし」

お稲は、このまま街道を行こうと反対したが、佐助はさっさと道を外れ、橋の袂《たもと》近くの川岸に降りる。それから着物を脱ぐと、佐助は二人に荷を託した。

「誰かに、何をしているのかと聞かれたら、落としものを探してるって言っとけ」

それから躊躇《ためら》う事無く、結構冷たい流れへと踏み込んでいった。川は幅が広く、これならば橋脚の辺りに、流れてきたものが引っかかっているだろうと、見当を付ける。

（やれ、流れが速いな）

出来たらまとまった額の金を、集めたいと思った。聞き出した神社の修理代は、かなり高かったし、これから寒い季節に向かうところだ。ここで暫く暮らせる程金子が手に入ると、真冬の川へ入らずに済んで助かる。

(妖だって、冬の川へ潜るのは辛いんだ)

何かが埋もれていそうな気がした辺りへ、頭から突っ込んでゆき、泥を探る。すると思った通り、重い袋物が手に触れてきた。今回はいつもより随分金が必要だったから、周りの泥内も探し、更にかき集める。

息を継ぐ為《ため》、一旦水から出て金を岸に置くと、また水の内へ戻った。久々に頑張った佐助は、流れの速い川底で岩に引っかかっている巾着を見つけ、それにも手を伸ばす。

(お、金かな。ずしりと重い)

そう思った途端、佐助は水の中で目をしばたたかせた。頭の中に、いきなり思い浮かんできた言葉があったからだ。

(ああ、お金を都合して貰えて、良かった。どうしても直《す》ぐに必要だったの)

(自分のために……申し訳ない)

(私が病になった時は、この人が薬を作って、何とかしてくれるのだけど)

今回は、その当人が怪我《けが》に倒れ、急ぎ医者を呼ばねばならなくなった。だが、本当に腕の良い医者は少ない上に、大層金子が必要になる。なのに旅先故、たまたま持ち合わせが少なかったのだと、声の主は語った。

(助けてくれて、ありがとう)

大層綺麗な声だった。一体いつ、誰から言われた言葉であったろうか。頭の中の声は、佐助の名を呼んだ後、更に続く。

(あなたが本心欲しいものを、私が用意出来たら)

その時は。

(どれ程時が経《た》っていても、お返しするわね。忘れないわ。ずっと覚えているわ)

水の中で呆然《ぼうぜん》としていたら息が苦しくなり、慌《あわ》てて水面へ浮き上がる。岸辺では朝太とお稲、化け狐の二人が大層心配していた。

「佐助さん、なかなか浮かんで来ないんで、どうしちまったのかと思ったよ」

「とにかく川から上がって。顔色が蒼《あお》いわ」

石だらけの川縁《かわべり》で、お稲はおろおろしながら、佐助へ手拭いを差し出す。朝太はごしごし、勝手に拭《ふ》いてくる。金の入った巾着を見せると、うんうんと頷《うなず》いてから、まずは体を暖めろと言い、二人は乾いた着物を差し出した。

「へえ……旅に連れがいるとは、こういうことなのか」

とにかく身を拭き髪を拭き、着物を着れば、ほっとする暖かさに包まれる。落ち着くと、先程頭の中に浮かんできた声が、思い出されてきたが、佐助はそれを連れ達へ話したりしなかった。何と言って良いのか、分からなかったからだ。

ここで朝太は、集まった金に目を向けた。

「なぁるほど、これなら佐助さんは、金に困らない筈《はず》だ」

朝太が感心する程、今回は金子を集められた。最後に拾った袋には金粒が沢山入っていて、神社の屋根くらい十分直せそうだ。

「良かった。これでお稲さんの悩みも、片づいたな」

佐助はその場で修理代を持たせると、お稲を小田原の宿へ戻す。そしてほっと息を吐いた後、朝太と街道を江戸へ向かった。


朝、宿を立つのが遅かった上、佐助が水に潜って、更に時を費やしてしまった。朝太は無理を嫌がり、二人は三つ先の藤沢宿に泊まる事にした。

そうしたら何故《なぜ》だか旅籠の部屋で、この藤沢宿でもう一泊し、江ノ島弁天へお参りしていこうという話が出てきた。

「だって佐助さん。この機会を逃したら、私、この先いつ弁天様にお参り出来るか、分からないんだもの」

「お参りって……ちょっと待て。お稲さん、何であんたが、この宿にいるんだ？」

佐助はお稲へ確かに、稲荷神社の修理代を渡した筈であった。つまりお稲は、今までと変わらず、小田原で暮らしていけるのだ。

なのに旅籠に落ち着いたと思ったら、飯の刻限に、部屋に膳《ぜん》が三つ並んだ。首を傾げていると、何とお稲が当然といった顔をして現れ、膳の前に座ったのだ。

「ああ、お二人が藤沢宿で泊まってくれて、良かった。今日は追いつけないんじゃないかって、心配してたんです」

「はあ？　何で付いてきたんだ？」

佐助が恐い顔を向けると、お稲は土産の足しにと、小田原名物梅漬けをたんと差し出す。途端、朝太の眉間《みけん》の皺《しわ》が取れたので、お稲は、旅に出る心づもりを一旦《いったん》固めたから、気持ちを止められなかったと言い笑った。

「連れが妖二人で、化け狐もいると言ったら、親も許してくれました。江戸に着いたら、王子の神社へ行けと言いつかってます」

だからよろしくと言われ、佐助は大きく息を吐いた。

「せっかく修理の代金を渡したのに。おい、路銀はどうする気だ」

「佐助さん、あれだけ水から金子を拾い上げたんです。十分、私の分まで払う事が出来ますって」

お稲は佐助の懐具合を知っているから、あっけらかんと言う。佐助は肩を落とした。

「この旅で有り金全部使っちまったら、冷たい川へ、また潜らにゃならんじゃないか」

妖でも、寒いものは寒いと言ってみたが、お稲は帰らない。腹が空いたと言って、夕餉《ゆうげ》を食べ始めてしまい、飯が終われば湯に入り、早々に寝る事になる。お稲はそのままなし崩しに、同道する事になってしまった。

「何で、こんな事に」

翌日は旅も一休み、本当に弁財天へお参りすると言い、お稲と朝太は物見遊山《ゆさん》の構えで賑《にぎ》やかだ。馬から下ろした樽《たる》を三つ、帳場へ預けてから旅籠の表へ出ると、朝飯を食べたにも拘《かか》わらず、二人はぼた餅《もち》や弁慶餅を買い始めた。

「宿から江ノ島まで一里と少しあります。だから、腹ごしらえですよ」

「そうですよねえ、朝太さん。あ、佐助さん、この辺りは鮑《あわび》や栄螺《さざえ》、刺身なんかが美《お》味《い》しいそうです。どこか、食べさせてくれるいい店、知りませんか。以前、江ノ島へ来たことはないんですか？」

「知らんよ。来た事なんかないと思う」

狐というものは、見目はほっそりしているが、胃の腑《ふ》は随分と丈夫らしい。二人の化け狐は更に買い食いを続けつつ、元気に江ノ島へ向かった。

すると朝太は途中で、暇ができたと言い、また例の判じ絵を懐から取り出したのだ。まだ解けていない箇所があるから、気になっているのだそうだ。

「あら、それが三島の茶屋に貼《は》ってあったという、判じ絵ですね」

お稲は既に話を聞いているようで、道々、絵を覗き込んでいる。『おぼえてますか』『ごひゃくねんまえ』、の二行と、最後の『さすけへ』の間には、後、二行分あった。

「あ、三行目は絵が二つしかない。これは簡単かな？」

お稲の言葉に、朝太は顔を顰《しか》める。

「ところが、そうでもない。この行が、どうにも読めないのさ」

矢が九本あるのは、『やく』か『くや』と読むのだろう。しかし次の絵が、何とも難しい。

「いねと読むのか？　やくいね？　沢山束ねられているから、たば、か？」

しかしそれでも、やくたばでは意味が通らない。この一行は、三島宿の者達にも読み解けなかったのだと、朝太はあきらめ顔だ。するとここでお稲が、急ににっと笑った。そして何と、自分には分かると言い出したのだ。

「おい、本当か？」

「この絵、稲を束ねてありますね。私、名前が稲だから、知ってるんです。稲は十把をひとまとまりで、一束と数えるんですよ」

『いっそく』と読みますと言われて、朝太が目を見開く。

「『そく』、か！　つまりこの絵は、『やくそく』と読むのか」

つまり、『覚えてますか、五百年前、約束』となる訳で、二人は佐助の横で大きく頷いている。そこまで進むと、後の一行を読み解く事は佐助にも出来た。

「絵は『え』、戸に濁点で、『ど』。江戸と読むんだな」

「次はお経で『きょう』。橋の絵に濁点で、『ばし』。つまり『きょうばし』。京橋ですね。下にまた絵があるから、『え』。これは『へ』と読むのかな」

お稲に続いて、朝太が最後を締めくくる。

「木の絵に、手の絵。二つで『きて』。佐助さん、江戸に着いたら、京橋という所へ行かなきゃならないようですよ」

三人で、全《すべ》ての意味をつなげる。ここで朝太が、本物の判じ絵には、『五百年前』の一文の下に、もう一つ、書き損じのような線があったと言いだし、お稲が、それは野の絵ではないかと口にする。『の』の字だ。そう考えれば、意味が通りやすい。

つまり。

『覚えてますか。五百年前の約束。江戸京橋へ来て。佐助へ』そう読めた訳だ。そろそろ道の先に江ノ島が見えてくる頃の事で、朝太は両の腕を振り上げ、機嫌良く言った。

「ああ、やっと全部解けた。すっきりしたねえ」

江ノ島は島ではあるが、潮が引けば歩いて渡れる。お稲と朝太はご機嫌で、同じく島を目指す、大勢の参拝者と話しながら進んだ。佐助はというと、改めて五百年前からの伝言を噛《か》みしめつつ、潮風に吹かれていた。

(五百年前、五百年前、五百年前……一体、何があったんだっけ)

伝言が分かったせいか、頭の奥の方から、また何かが訴えてくるように思えて、総身がざわつく。するとここで、もうずっと気持ちの奥底に引っかかっていた疑問が、言葉の形を取って思い浮かんできた。

(おい、そもそもこの判じ絵を描いた誰かさんは、俺が判じ絵をちゃんと見つけて、それを解き、そして江戸の京橋へ行くと信じてるのかね?)

佐助は昔から旅を続けていた。だから判じ絵を描いた誰かがその事を知っていれば、日の本一繁華な東海道の茶屋に、絵を貼り付ける事はあり得る。わざわざ伝言を判じ絵にしたのは、他の大勢の佐助に、京橋へ押しかけられるのが嫌だったからだろうか。それとも、五百年という人には縁のない文字を、はっきり書きたくなかったからか。

(しかし判じ絵が柱に貼ってある事に、俺が気づかなかったら、どうする気だったんだ？　まあ多分、判じ絵を貼った茶屋は、あの一軒だけじゃなかったんだろうが)

事実、朝太のつぶやきが無かったら、佐助は三島宿で、柱の絵など見なかっただろう。

(判じ絵を、読み解けなかったら？)

今回佐助は朝太とお稲、二人に助けて貰った。

(伝言を読み解いても、江戸へ行く気になれないかもしれなかったぞ。例えばもし西へ旅している時、あの判じ絵を見つけたら、俺はどうしただろう)

だが佐助は今、同道を頼まれた朝太と、王子稲荷へ行くというお稲を連れ、江戸へと足を運んでいる。

佐助はここで、すっと目を細めると、連れの二人を見つめた。丁度島へと行き着き、島の上へと続く坂へ向かっている時であった。

すると。

「おや？」

思わず小さく声を出し、佐助は首を傾げる。気のせいか、坂下の鳥居に何となく見覚えがあったのだ。その下をくぐった先、道の両脇《りょうわき》には多くの建物が並び、坂の上まで同じ風景が続いている。その先にある鳥居の周りには、木々が連なっていた。そう、昔から緑の濃い場所だったと思い……どきりと心の臓が鳴った。

（俺は何でそんなことを、知ってるんだ？）

戸惑いつつ三人で上り坂を歩み、更に石段を上ってゆく。二番目の鳥居をくぐり右へ折れると、大きな塔が目に入った。

途端、佐助はその場で、ぶるりと身を震わせたのだ。

（すっかり忘れてたが……俺はこの江ノ島へ、来た事があるようだ）

記憶の底から、またある光景が浮かび上がってくる。ずっと昔、下の鳥居をくぐり、同じ道を上ってあの塔を見た。そしてその時も、佐助は一人ではなかった。

（隣に……誰がいたんだっけ？）

怪我人がいた。それを思い出した。

五百年前の道中、怪我人を抱え、酷く困っていたおなごと知り合った。相手も妖であった故、見捨てられず、佐助は怪我をした男を医者に診せ、代金も払った。

だが、怪我は直ぐには治らない。それでおなごは、神がおわす江ノ島の神社を頼りたいと言い、怪我人を運んで欲しいと佐助へ頼んだのだ。昔この地へ来たのは、その為だ。

（そう、こうして江ノ島を歩いていると、あの当時を思い出す。本当に昔の話で、すっかり忘れてたが）

病人を神社へ無事送り届けると、美しい声の連れは、佐助へまず一つ礼をした。それから……ある約束をしたと思う。

（そうだ、水の中で思い出した、あの声の主だ……）

佐助は島の道を上りつつ、ぐるりと辺りを見回した。前にも後ろにも、幾つもの鳥居が目に入る。道を行けば、その先にもまた現れる。何と鳥居の多いところかと思う。

（まるで以前目にした、稲荷神社のようだ）

西にあったその神社では、数多《あまた》の赤い鳥居が立ち並び、まるで隧道《すいどう》のように続いていた。

（ん……？）

ここでふと、前へ目を向ける。今日の佐助の連れは、二人の化け狐だ。

（狐……？）

何かが頭の中へ現れた。それは、光の塊となって降りてくる。

（鳥居が続いている。何故だか化け狐がいる。狐は神の使いだ。狐が仕えるのは……茶枳尼天《だきにてん》様か！）

眼前で白い光が弾《はじ》けた。佐助はさっと顔を上げ、坂の上にある鳥居を見た。

茶枳尼天に仕えているのは、誰か。

佐助は昔、誰と会ったのか。

この時、朝太とお稲が上り坂の上の方で立ち止まり、大きな声を掛けてくる。

「どうしたんです、佐助さん。八臂弁財天《はっぴべんざいてん》様が祀《まつ》られているのは、もっと先ですよ」

朝太が佐助の名を呼んだ。

「そうですよぅ。せっかくきたんですもん。早く開山堂にも、上之宮にも行きましょうよ」

佐助さん、と、お稲も口にした。

「佐助……？」

その、いつもの名前を耳にし、更に頭の中の雲が晴れる。

（ああ、俺の名は……この江ノ島の地で、付けてもらったものだ）

己は元々犬神であり、そう呼ばれていた。だが人のなりをし暮らしていくには、その名では妙で、他から浮く。それで何度も適当に変えていった名前を、この江ノ島の地で『佐助』と定めてくれた人がいたのだ。

（思い出した……）

そして約束がなされた。佐助は寸の間、立ち尽くす。足が止まってしまった。ああ、と言葉がこぼれ出た。

「そう、確かにあのお人と約束した」

思わずそう言うと、連れ達が心配げに見つめてきた。佐助が二人を見る。どうして街道で知り合い、ここまで佐助と共に来たのか、ようよう得心していた。

「二人とも初めてだって言った割にゃ、随分江ノ島に詳しい。だがそれには、訳があったんだな」

「へっ？」

「えっ……」

朝太とお稲が、顔を見合わせる。佐助はにやりと笑い、驚いた顔の二人へ近づいていった。どんどん思い出が蘇《よみがえ》る。

五百年が、佐助へ追いついてきた。

5

東海道を下り品川を過ぎ、見送る者と旅立つ者が集まる高輪《たかなわ》の大木戸を抜けた頃、もう日は暮れかけていた。芝口橋を北へ歩み、町屋の間を抜けて歩む。そしてすっかり暗くなった時分、三人と馬は目当ての橋を、提灯《ちょうちん》の明かりの先に見る事になった。

「お、あそこが京橋だ」

顔を上げれば星明かりの下、橋の向こうにはずらりと店の黒い影が、並んでいるのが分かる。この辺りから日本橋へと、それは繁華な町が続いている事を、何度も江戸へ来た事のある佐助は知っていた。京橋のすぐ近くには大店《おおだな》があり、一際《ひときわ》大きい影が見えている。

「『京橋へ来て』。判じ絵にそうあったとおり、俺は京橋にやってきたぞ」

そしてここで佐助は、眉《まゆ》をぐっと顰《ひそ》めた。驚いた事に、京橋の手前に、無数の狐火が見えていたのだ。火の玉は、赤く青く、ゆらゆらと揺らめき、その下には狐達が集っていた。

「何だ、ありゃ」

化け狐達の集まりは、どう見ても佐助を歓迎しているようには思えなかった。怪しい火を背負った狐達は、口々に勝手な事を言っていたからだ。

「おお来た来た。佐助とやらが京橋へ来たぞ」

「呼ばれたからと、ほいほいやってきたぞ」

「あやつに情があるというのは、本当なのか？」

「何かの折は、金を作る事が出来るというのは、確かなのか」

「子の扱いは上手《うま》いのか？　……何、分からないとな！」

途端、幾つもの声がより合わさる。

「調べねば」

「知らねばならん」

「正体の知れぬ奴《やっ》ではないか！」

狐火が橋の上を舞い、佐助の口がへの字になった。

「何だ、この狐ら。人を呼んでおいて、来たら文句を言うのか」

佐助は、妖狐《ようこ》達の数に気圧《けお》されはしなかったが、腹は立った。それで、約束通り京橋までは来たからと朝太へ言い、己はここで別れると言い出したのだ。

「俺は西へ戻る」

「わあっ、待って下さい。まだ用は済んでおりませんっ」

朝太が慌てて佐助の袂を摑《つか》んだが、うんざりしていた故、その手をぴしりと叩《たた》いて払う。そうしたところ妖狐達は狐火を揺らし、益々《ますます》大声を上げだした。

「こいつ、朝太を叩いたぞ！」

「逃げるぞ。道を塞《ふさ》げ」

「囲め。おや何と、我らに抗《あらが》う気だぞ！」

「戦うというのか」

囲まれ、止まれと言われたのを、無理にも突き通ろうとしたものだから、直ぐに争いとなった。一匹、二匹の妖狐では、佐助の相手ではなかったが、何しろ狐達は数が多い。そして大勢で取り囲んでくると、伸《の》されても、更に多くが飛びついてきた。

（一体、何なんだ！）

その内佐助は殴り返すのも億劫《おっくう》になり、溜息《ためいき》と共に手を止めた。途端、あっという間に妖狐の山に潰《つぶ》され、打ち据えられていった。

（あれ……ここは）

気がついた時、佐助は庭に面した部屋で、長火鉢の脇に寝ていた。そして横に、すんなりとした綺麗な人が座っていたのだ。

「あ、痛《い》てて」

慌てて起き上がると、ちょいと呻《うめ》いた。部屋には朝太とお稲もいた。そしてその横に、瘤《こぶ》を作った妖狐が二匹ばかり、こちらは身を小さくしていた。

「あら、目が覚めたの。狐達が無茶をしたみたいで、ごめんなさいね」

綺麗な声が謝ってくる。佐助は小さく頷くと、一つ息を吐いた。だがここで狐達も深く深く頭を下げ謝ってきたので、これ以上怒らず、話をする事にする。何しろ目の前に、懐《なつ》かしいお人がいるのだ。

「三島宿で判じ絵を見ました」

そしてそれを解き、この京橋へ来たと言い、とにかく挨拶《あいさつ》をした。

「お久しぶりです。ええと……おぎんさんですよね」

穏やかな秋の風が僅《わず》かに吹いて、部屋を過ぎる。おぎんが微笑《ほほえ》んだ。

「お前様は今も、『佐助』と名のっているのね」

とにかく無事判じ絵を解いたようで、こうしてまた会うことが出来て嬉しい。そう言って笑うと、おぎんは改めて名のった。今は京橋近くにある大店《おおだな》、長崎屋のおかみ、おぎんになっていると言ったのだ。

　だが妖である佐助と、五百年前の話をしているのだから、おぎんも勿論《もちろん》、ただの人ではない。共に部屋内に入った朝太とお稲が、深く頭を下げた後、張り詰めた顔をしているのもどうりで、おぎんは妖狐の一人、しかも齢《よわい》三千年と言われる大妖として、その名を知られた者であるのだ。

「五百年前、旅の途中で、佐助さんにはお世話になったわ」

　連れの人ならぬ者、『仁吉《にきち》』が怪我に倒れた時、急な事で困ったおぎんは金子と、仁吉を連れて運ぶ力を佐助に借りたのだ。その時おぎんは礼として、まず幾度も変わっていた名前を、江ノ島で〝佐助〟と定めた。

　そしてもう一つ、ある約束をしていた。

「いつか、佐助さんが本心欲しいものを、このおぎんからの礼として、佐助さんに渡す。五百年前、私は江ノ島でそう誓った」

　しかしあれからおぎんは暫く、鈴君、つまり今の夫を探し続けていた。

「だから直ぐには、約束を果たすことが出来なかったのだけど」

　だが二十数年程前、おぎんはようやっと、古から探し続けてきた鈴君、つまり今の長崎屋主人、伊三郎《いさぶろう》と巡り会った。二人は西国を出て江戸に落ち着くと、店を開き娘をもうけた。そうして暮らしも落ち着き、おぎんの娘おたえは婿《むこ》を迎え、来年には母となる事になったのだ。

ここでおぎんは、にこりと笑う。

「つまりようよう、佐助さんとの約束を果たす時が来たと、分かったの」

佐助は五百年前、ずっと旅を続けていると言っていた。それでおぎんは妖狐に頼み、街道沿いの繁華な茶屋に、判じ絵を貼ってもらった。佐助へ伝言を伝える事にしたのだ。

「京橋へ来て、って」

「わざわざ判じ絵にしたのは、大勢の『佐助さん』が、京橋に来てしまうのを、避ける為ですね？」

おぎんがあっさり頷く。佐助はここで、未《ま》だ堅い表情を浮かべている、旅の連れへ目を向けた。

「それでも、俺が件《くだん》の茶屋へ寄らないとか、判じ絵に気がつかない事もあり得る。他へ足を向けて、京橋へは来ないことも考えられる。で、おぎんさんはこの化け狐二人を東海道に配した訳だ」

「あら、それも分かってたの」

ころころとおぎんが笑ったものだから、見抜かれた朝太達は首をすくめた。

「俺が忘れていたら思い出すように、おぎんさん達との思い出の地、江ノ島へ回るよう言っておいたんでしょう？　お稲さんが、妙に行きたがっていましたからね」

「うふふふふ」

明るい笑い声を立てた後、おぎんが佐助へ問いを向ける。

「それで佐助さん、分かった？」

「はい？　判じ絵は解けましたが」

だからこの京橋へきたのだと言うと、おぎんは佐助の顔を覗《のぞ》き込む。

「そうじゃなくって。これから私が渡すもの。それが何か分かってる？」

おぎんは差し出すものが、間違いなく佐助が本心欲しいものだと、確信している。

だが。たとえどんなに素晴らしいものでも、当人から否《いな》と言われてしまえば、それは塵芥《ちりあくた》でしかない。だからおぎんは今、少しだけ、気を揉《も》んでいるのだ。おぎんの好意を、佐助が本当に喜んでくれるかどうかを。

すると。

佐助は真っ直ぐにおぎんを見つめ、にこりと、本当に柔らかく笑ったのだ。

「俺は間違いなく、心から……今、喜んでるよ。だってさ」

五百年。佐助はそう口にし、おぎんを見た。

「大師様を失って以来、長く俺の名を覚えてくれていた人は、いなかった」

だがおぎんは、佐助の名を定めてくれた上、五百年、ずっと覚えていてくれたのだ。

佐助の胸の内は、温かいもので満たされている。正直に言えば、本当に久々の思いであった。

「満足だ。礼を言いたいくらいだよ。こんなに長い間、忘れずにいてくれて」

秋の心地よい風に撫《な》でられながら、佐助はおぎんに頭を下げた。本心、ありがたかった。これなら、おぎんがこの店にいる間は、たまに長崎屋へ寄っても、笑みを見せてくれるに違いない。その事も大層嬉しかった。

ところが。ここでおぎんが、大きく首を傾《かし》げ、あっさり言ったのだ。

「あらま、外れだ」

「は？　違うんですか？」

この返事は考えの外で、佐助は言葉に詰まる。すると齢三千年の大妖は、またにこりと笑うと、昔会ったおぎんの連れの事も、思い出せたか問うてきた。

「あの、江ノ島へ送った怪我人ですね。ええ」

「良かった」

その仁吉だが、今日は会えない。何故なら仁吉は今、多くの化け狐がお仕えしている、荼枳尼天様の庭へ行っているからだ。

「仁吉の本性は白沢《はくたく》なの。そりゃあ物知りだし、あれこれ出来るのよ。でも仁吉にだって、物慣れない事もあってね。だからあの庭で、色々習って貰《もら》ってるの」

「はて、白沢さんが不得手な事とは、一体」

首を傾げたところ、おぎんから、とんでもない答えが返ってきた。

「一に、子守かしらね」

「はい？」

「それに仁吉は、ずっと大人に化けていたから、子供の姿になることに慣れてないの。薬を作るのは得意だけど、子供用のものは、やっぱり作った事がないと言うし」

「子供……？」

「ほら、さっき娘が、来年子を産むって言ったでしょう？」

妖の血を引いてはいても、娘のおたえは人だ。だからおぎんが娘を守ったようには、我が子を守れないのだ。

「でも生まれてくる子は、私の孫なの。だから興味を持つ妖達も、いるでしょう」

おぎんが守ってやるつもりではあるが、長生きだからと妖がこの世に居つづけたら、人の目には奇妙に映る。おぎんはある程度の年齢になったら、一旦長崎屋から消えなくてはならないのだ。その時は、もう伊三郎もこの世には居ないかも知れない。だから。

「だから一生守ってくれる妖を、孫の側に置くことにしたの。暫くは、私と亭主が孫を見守れる。だから孫が五つか六つになったら、仁吉には十位の姿で、長崎屋へ奉公に来て貰おうと思ってるのよ」

おぎんはそう思い立ち、仁吉にその役目をお願いしたのだという。おぎんの為とはいえ、仁吉はその孫の一生と、付き合う決意をした訳だ。佐助は大きく息をついた。

「そういえば仁吉さんは、江ノ島で随分具合が悪い時でも、ずっとおぎんさんのことを、気遣ってましたね」

彼は本心、何よりも眼前の人を、大事にしているように思えた。そのおぎんから頼まれれば、嫌と言えなかったに違いない。

（それにしても……）

力の強い妖が人の世で店に奉公するとなれば、常には必要のない苦労を、あれこれする事になるだろう。夜明けから暮れるまで働かねばならない上に、妖の力は隠さねばならず、腹の立つ事も増える。

「仁吉さんは全部承知で、その役割を引き受けなすった訳だ」

　おぎんは頷き、仁吉には本当に感謝をしていると告げた。だが、白沢が孫と過ごすと決まっても、不安は尽きそうもないという。

「亭主と話し合ったんだけど、孫を任せるのに、一人じゃ不安だと思うのよ」

　かつて仁吉が、旅先で怪我をしたように、思わぬ事態が起こるかもしれない。そんな時、もう一人兄やがいてくれたら、安心できる。

「えっ……」

「だからね、佐助さん、その役目をお願い出来ないかしら」

　お店《たな》に奉公した事もあると聞いており、心強いと言うのだ。佐助は目一杯眼を見開いて、おぎんを見つめた。

「俺が、子守をやるんですか？」

　判じ絵を寄越した相手がおぎんだと察しを付けて以来、京橋に来れば、礼を言われるものだとばかり思っていた。そして、おぎんも今、佐助が一番に欲しいものを礼にくれると、言ったではないか。

「何でそれが、子守になる事なんですか？」

　真実分からなくて、真面目《まじめ》に聞いてみた。これが、五百年目の答えなのだろうか。

するとおぎんも、大真面目に返答をしてきた。

「だって佐助さん、長崎屋にくれば、おまえさんは、あれこれ見つけられるんだもの」

それは役割であり、場所だとおぎんは言ってくる。

「小っちゃな孫は、きっと兄やに凄《すご》くなつくわ。佐助さんは、亡《な》くした弘法大師様以外に、とても大事な相手を持てると思う」

仁吉とも協力せねばならないから、否応《いやおう》なく、相棒を持つ事にもなるだろう。化け狐達や、他の妖達とも縁が出来そうだ。

「だけど……ですね」

返答に詰まった。次に言うべき言葉が、直ぐには思いつかない。困って余所《よそ》を向いた時、佐助は、化け狐の樽にくっついていた鳴家《やなり》達が、部屋の隅に出てきたのを目に留めた。それで話を逸《そ》らすかのように、おぎんへ問うた。

「鳴家達は、朝太さんの荷の葡萄《ぶどう》を潰してしまったようです。叱《しか》られるんですか?」

「えっ? 葡萄は最初から、絞り汁になっているものを、運んでもらってるのよ。あれは葡萄酒、お酒なの」

止められているのに、朝太の旅にはいつも、小鬼達が何匹か付いていくと、おぎんが笑うように言う。どうも、酒の仕入れ先で作っている生の葡萄が好きらしい。

「何と、そういう事でしたか。これは参った」

葡萄盗人の話は、佐助と連れだって旅をする為、朝太が作った話だったのだ。つまり朝太はおぎんから、佐助を是非長崎屋へ連れてくるよう、頼まれていた訳だ。

（俺を、大切な孫の兄やとする為に）

そう思い至ると急に、肩から力が抜けてくる。何故だか笑みが浮かんできた。

（この店には、守るべき者と、友と、顔なじみと、暮らしていく場所があるんだな）

おぎんは更に、言葉を重ねる。

「旅を続けていた佐助さんが、大勢の中で暮らせば、きっと煩《わずら》わしい事もあるわ。でも、そういうものも含めて、並の暮らしも悪くないと思うの。平凡ってものは私にとって、簡単に得られるものじゃなかった」

おぎんは恋しい相手と巡り会い、長崎屋を開き、家族を得て落ち着いた。そこに至るまで、ゆうに千年かかっていると口にする。妖が人の暮らしの中で、のんびりとした毎日を送るには、長い長い時が必要だったのだ。

「だから、こういう暮らし、佐助さんも喜んでくれると思って」

大きな恩義の礼となるほどに、良いものだ。おぎんはここでの暮らしを、そう感じているのだ。

佐助はもう一度目を見開くと、差し出された礼が、どれ程おぎんの気持ちが込められたものなのかを、得心した。隅で「きゅい」「きゅわ」と鳴いている鳴家達を見ると、笑みも浮かんでくる。するとここで朝太やお稲が、さっそく佐助へ念を押してきたものだから、更に笑いがこぼれ出た。

「佐助さん、もしおぎん様のお世話になるんなら、おぎんさんは駄目ですよ！　おぎん様、です。自分の事も俺じゃなくて、私の方が良いかも」

「生まれてくるお孫様の呼び名だって、坊ちゃまか、嬢ちゃまですからね」

化け狐達は真面目な顔で、あれこれ細かく言ってくる。実際に孫が生まれたら、とてもうるさくなるに違いない。

「それにしても朝太さん、お稲さん。二人は旅の連れだったんだ。判じ絵が解けた後なら、おぎんさんが俺を呼んでいる事くらい、話してくれても良かったんじゃないか？」

口にしても良い頃合いは、もっと以前にあったはずなのだ。すると朝太は、重々しく首を横に振った。

「だって、おぎん様は佐助さんを、お孫様の兄やになさると言われました。佐助さんの事を、我らはろくに知りませぬ。だから化け狐は皆、心配してましてね」

悪い奴ではないのか、金に汚くないか、優しいか、道中、あれこれ見極めるようにと、朝太とお稲は一族の者達から、念を押されていたのだ。なるだけ多く見極めたかったから、正体を告げはしなかった。狐達が京橋で佐助を取り囲んだのは、おぎんと会う前に、当人を確かめたいという者が多かったからだ。

「おやおや」

二人の勝手な言い分を聞き、佐助は片眉を上げる。だが不思議な事に腹は立たなかった。ずっと一緒にいる相手に、これしきの事で怒っていたら、やっていけない。

（ああ俺は、仲間になろうとしているんだな）

多分この長崎屋で、長い時を過ごすことになると、不意に思った。もう一度おぎんの顔を見ると、決意をする間も無く、佐助の口から言葉がさらりとこぼれ出る。

「よろしくお願いします」

人に包み込まれる。暮らしが定まってゆく。五百年の果てに、京橋には佐助が思いもしなかった明日が待っていた。

太郎君、東へ

1

坂東《ばんどう》の地である江戸が、徳川という新しい領主を迎え、発展し始めた頃のこと。利《と》根《ね》川にその者有りと知られた、河童《かっぱ》の大親分禰々子《ねねこ》は、眉《まゆ》を顰《ひそ》める事が多くなっていた。

坂東の地にある一の大河は、利根川であり、長男とも言うべき川だとして、人々に坂東太郎と呼ばれている。その大河太郎が、最近不機嫌になったというか、流れをきつくしているのだ。

舟の行き来は大変になるし、川の流域に住む人々は、毎日不安そうに、増水した川を見ている。河童ですら、泳ぐのに困っていた。

「坂東太郎は一体、どうしたと言うんだろうね」

それで禰々子は今日も、一本桜近くの堤から、溢《あふ》れ出そうな利根川の流れを見つめていた。

するとその時禰々子は急に、一段と不機嫌そうな表情を浮かべた。何と、禰々子を親分と慕う河童の一匹が、他の妖《あやかし》達と一緒に、目の前の川を流されていたのだ。

「河童の川流れ。川を住みかとする河童が、本当に流されてちゃ、冗談にもなりゃしない！」

禰々子はしかめ面《つら》を浮かべると、草の茂る堤からさっさと川へ飛び込む。そして情けない河童と、獺《かわうそ》、狸《たぬき》、野寺坊《のでらぼう》などの妖らを捕まえ、堤の上へと引っ張り上げた。

「なんと、赤丸河童じゃないか。川に遊ばれてんじゃないよ！」

子分も妖らも、一斉に頭を下げる。

「姉さん、おかたじけ。川の堤に、蝶柄《ちょうがら》の着物を着た、かわいいおなごがいたもんで。 つい見とれていたら、皆で落ちちまいました」

「阿呆《あほう》！　だからって、河童が流されてどうするんだい」

まず子分に、ごつんと軽く一発拳固《げんこ》をくれたものだから、他の妖たちは急ぎ禰々子へ礼を言い、その場から退散した。禰々子は苦笑を浮かべ、着物の裾《すそ》を絞りあげると、近在の河童達を集めるよう、赤丸河童へ声をかける。

「ちょいと皆に、言いたい事ができた、河童達に集まるよう言っとくれ」

「承知しました」

関八州に聞こえた河童の大親分、禰々子に呼ばれたら、坂東の河童たるもの、雨だろうが洪水だろうが、馳《は》せ参じぬ訳にはいかない。よって翌日には、数多《あまた》の河童達が利根川の河川敷、一本桜が茂って人目につかぬ辺りに集まった。

禰々子はよく、人が住まう所へ行くので、人の姿をしていることが多い。今日も、流行の小袖《こそで》姿で現れると、集まった河童達はその様子を仰ぎ見て、しばし己達の親分に見ほれた。

「とにかく、格好がいい」

「我らの親分が、一番！」

禰々子は、子分どもが揃《そろ》っているのを見て頷《うなず》くと、そこいらの男どもよりも、余程男前な立ち姿で話を始めた。

「ちょいと皆に聞くよ。最近、河童が溺《おぼ》れかけた、なんてぇ話を耳にしたことが、あるんじゃないかい」

禰々子にはある。実は禰々子自身が既に四回も、川から河童を拾い上げていた。

「す、済みません」

河童達は顔を見合わせると、気はずかしそうに頭をかいた。禰々子の眉間《みけん》に、くっきりと皺《しわ》が寄る。

「この禰々子の子分、正真正銘の坂東の河童が、利根川を泳ぐことも満足に出来ないってぇのは、どういう事なんだい？　余りにも情けない話じゃないか」

はっきり言われて、姉さんの事が大好きな子分達は、揃ってうなだれる。確かに、河童が溺れた、などという話は、大いに格好が悪い。他に知られたら、河童仲間どころか、人にだって馬鹿《ばか》にされかねなかった。

姉さんは怒って、川端で一緒に、胡瓜《きゅうり》を囓《かじ》ってくれなくなるかもしれない。そうしたら酷《ひど》く寂しいに違いなかった。

すると、集まった河童の一匹が、おずおずと言い訳を始める。

「最近、坂東太郎さんが、鉄砲水のような流れを作るんですよ。でなきゃあ、流される河童など、いない筈《はず》なんです」

姉さん、太郎さんは、どうしてこんなに機嫌が悪いんでしょうかねと、その河童は聞いてきたのだ。

「ああ、やっぱり板東太郎の流れが変だと、お前さん達も感じてたんだね」

訳を知る河童はいるかと問われて、一匹が随分と誇らしげに立ち上がった。つい昨日、彌々子に川から助けられた河童の赤丸で、実はあの時、共に溺れかけた獺から、ある話を耳にしたのだ。

「それがな、我が聞いたところによると……」

その時であった。

「彌々子河童の親分さん、大変だ大変だっ」

今にも溢れそうな利根川の流れをかいくぐり、一匹の河童が、上流から必死に泳いできたのだ。彌々子の姿を川縁《かわべり》に見つけたのか、その河童は素早く岸に上がると、星川に住まう一文字だと名乗る。そして、日頃尊敬している彌々子親分に、ご注進したき儀有りと言ってきたのだ。

「彌々子姉さん、えらいことになりました。荒川に住む親分、蘇鉄《そてつ》ってぇ無謀な河童が、じき、こっちに攻め込んでめぇりやす！」

最近、坂東太郎が何度も大水を出すのは、利根川で番を張る彌々子と相性が悪く、癇癪《かんしゃく》を起こしたからに違いない。蘇鉄は勝手な事を言いだし、ならば己が彌々子に代わり、坂東河童の主《あるじ》になると、そう宣言したというのだ。

蘇鉄河童は既に、すぐそこまで来ているらしい。

「なに、蘇鉄なんて親分の名は、聞いたこともない。弱いに決まってまさぁ。ですが子分はそこそこいるそうで、厄介だ。姉さん、どうぞ早いところ、子分方に支度をさせ、迎え撃つ準備をなさって下さい」

ところがそれを聞いた禰々子は、眉を顰めると、方向違いな事に頭を悩ませ始めた。

「坂東太郎……やっぱり太郎は、何か怒ってるんだ。荒川の者まで知ってるんじゃ、間違いないみたいだね」

ならば早々に太郎と会い、大水の原因がなんなのか、聞かねばならなかった。

「坂東太郎は利根川そのもの、川の化身だよ。そりゃ大雨が降れば、あいつはたまに、出水をやらかすことはあった。けどいつもは大河らしく、どっしり構えてたんだけどね」

すると横にいた一文字が、その言葉を聞き、顔を強《こわ》ばらせている。

「あのぉ、禰々子姉さん、落ち着いて考えごとなどしてる場合じゃないです。本当に、襲ってくるんですよ！」

相手の蘇鉄河童達は今日、一気に片をつける気だという噂《うわさ》を聞いていた。一文字は、ちらちらと川の方へ目をやりつつ、強い調子で言う。

「丁度、子分方が集まっているとは、幸運だ。ここにいるだけで、数十匹はおいでかな。あっ、でも皆さん、素手じゃありませんか」

急いで何か、戦うための得物を手にせねばと、一文字は気をもむ。

だが、焦《あせ》る一文字をよそに禰々子は、目の前の川を見つめ、溜息《ためいき》をついている。頭が動かないからか、子分達も座ったままでいた。

「太郎は何が気に入らないのかねえ」

「ああ、蘇鉄だ。姉さんっ、来ちゃったよっ」

一文字の、悲鳴のような声が川端に響く。川の内から、緑のぬらぬらした面々が、禰々子達を目指し、連なって上がってきていた。

同じ河童ではあるが、荒川の者達は、どちらかといえば赤っぽい禰々子の配下達とは、見た目から違った。総身に鱗《うろこ》が見え、短いくちばしがあった。

「おや、新参者達は何だか少し、臭くないかい？」

杉戸河童が、ちょいと眉間に皺を寄せる。

「嫌な奴《やつ》らだねえ。おまけに姉さんの前へ、武器を手にのこのこやって来るなんて、こいつら馬鹿に違いないし」

「ちょ、ちょっと、子分さん方、何を落ち着いて、話してるんですか。大事ですよ。立ち上がって下さい！」

「でも姉さんは今、考え中だから」

子分達が、禰々子の邪魔は出来ないと首を振ると、一人で立ち向かえない一文字は泣きそうな顔になる。禰々子は己の考えにふけりつつ、つぶやいた。

「さっき誰かが、太郎の事を聞いたと言わなかったかね。どうして途中で、話を止《や》めちゃったんだい？」

そこまで言ったとき、禰々子は何時《いっ》にない悪臭を嗅《か》ぎ、鼻に皺を寄せる。

「なんだい、この妙な臭《にお》いは」

「姉さん、危ないっ」

一文字が悲鳴を上げた。蘇鉄河童達は、挨拶《あいさつ》もせず、仁義をきりもしなかった。岸で、背の高い禰々子の姿を見つけた途端、問答無用で打ち掛かったのだ。

先頭の三匹が棍棒《こんぼう》を手に、禰々子一人に襲いかかる。大将さえ倒してしまえば、後はどうとでもなると考えたらしい。

「ひえっ」

一文字が立ちすくんだ時……三匹はうるさそうに振った禰々子の手で薙《な》ぎ払われ、水際《みずぎわ》に倒れていた。

「坂東太郎は、川に住む者と喧嘩《けんか》でもしたのかね。それとも、どこぞの堤が切れかけているんで、慌《あわ》てているのかな。どう思う？」

「気をつけろ！　こいつ、女のくせして生意気だっ」

蘇鉄河童一派の内、若大将と呼ばれた一匹が怒鳴る。そして次に、禰々子へ打ち掛かったのは、その若い河童であった。

最初の三匹が、予想外にさっさと倒されたからか、今度はどすを得物として取り出した。若大将は、さすがはその名を貰《もら》った者だと、皆が認めるだろう素早さで、どすを振り上げ、禰々子に切り掛かったのだ。

途端、問いを邪魔された禰々子に拳《こぶし》を食らい、若大将は川の対岸まで飛ばされていった。緑色の河童達が、色めき立つ。反対に、利根川の子分達は、ぐっと落ち着きを取り戻し、赤丸は禰々子の問いに答えはじめた。

「姉さん、獺から聞いた話によると、今回の利根川の異変には、人が関わっているとか」

流されながら聞いた話故《ゆえ》、少々うろ覚えだが、獺は確かに狸や野寺坊へ、人が災いをもたらしたと言ったのだ。獺の知り合いである猫又《ねこまた》のいとこによると、それで太郎が怒っているらしい。

「人が坂東太郎に、なんぞしたって？」

長い棒っきれで殴りかかってきた緑河童を、面倒くさそうに二匹ばかり打ち伏せ、禰々子は眉根を寄せた。その後に団体で襲ってきた奴らも、禰々子は片端から川へ蹴《け》り飛ばす。それから息を吐き、首をかしげた。

「ただの人が、大河たる坂東太郎に、何が出来るっていうんだろう」

人は川の水かさが増しても、静まりたまえと、天に祈ることしか出来ない。それ程太郎は、大きな相手であった。人など太郎の前では、道を這《は》う蟻《あり》のごときもの、畑の中の粟粒《あわつぶ》のようなものなのだ。

「なのに、はて、どういうことかしらん」

するとここで、大層大きな声が、川縁に響いた。

「この化け物女っ、やりやがったなっ」

「おや、誰かね。私は何かしたっけ？」

怒鳴り声を聞き、やっと蘇鉄河童に気づいた禰々子は、一応きちんと尋ねた。途端、相手の河童達は、何故《なぜ》だか一段といきり立ってしまう。

「我は蘇鉄河童だ。さっきから戦ってるだろうが。今更、誰とは何だっ」

「……そうだっけ？」

もう一度丁寧に聞いたのだが、緑色の河童は顔を赤くしたらしく、総身の色合いを変えた。

「あ、気持ち悪い色」

禰々子が思わず漏らすと、益々《ますます》どす黒くなった緑河童は、目をむき奇声を上げた。それから背後に残っていた配下らと共に、一斉に禰々子へ襲いかかったのだ。

「あ、やっぱりあいつら、馬鹿だ」

利根川の河童達が、揃って首を横に振る中、禰々子は次々と蘇鉄河童達を、増水した利根川へ放り込んだ。殴られ蹴飛ばされたせいか、今し方泳いできた筈の利根川を、今度は皆、押し流されてゆく。

河童が団体で川流れをする姿を見て、禰々子がまた不機嫌な表情を浮かべ、不平を言う。すると子分の杉戸が苦言を口にした。

「姉さん、ご自分で川に放り込んだんでしょう？　文句を言っちゃ可哀想《かわいそう》ですぜ」

「でもさ、あいつらも河童だ。川に落ちたからって、流されなくってもいいじゃないか」

「きっと荒川の河童にゃ、利根川の流れはきついんですよ」

「そんなもんかねえ」

ここで禰々子は、思い出したかのように、皆はもう流されるんじゃないよと、子分達に念を押した。

「承知いたしました」

川岸の皆が素直に頷いたので、禰々子はほっとした表情を浮かべ、また坂東太郎の事に考えを戻す。そして悠々と流れてゆく大河へ、困ったような目を向けたのだった。

2

荒川の河童が団体で利根川を流されてから、半日ほど後のこと。

禰々子は川縁のご神木や地蔵、祠《ほこら》などを訪ね歩き、一本桜から少しばかり川を下った所の堤で、ようやっと人の姿に化した利根川の主、坂東太郎と巡り会った。

大河の化身だからか太郎は大男で、迫力も十分だ。並の女であれば、その眼前に居るのも怖くて、逃げ出しそうな御仁であった。

だが、禰々子は坂東の地でも高名な河童の大親分なので、臆《おく》さない。太郎はそんな禰々子を、大層気に入っていた。

「やはり、ただの人では駄目だ。土手を行くおなごに声を掛けた事もあるが、続けて三人にふられた」

そのせいか太郎は最近やたらと、禰々子を口説くようになっているのだ。

しかし今日は、せっかく禰々子と出会えたのに、太郎はいつもに比べ明らかに、機嫌が良くなかった。

「この坂東太郎が、どうして最近荒れてるかって？　そいつは……ああ禰々子、お前さんがつれないからだってぇ考えは、どうかな」

言った途端、太郎は顔面に拳固を食らって、「ふがっ」と、情けない声を上げる。

あげくよろけて、一旦《いったん》己の川へと、飛沫《しぶき》を上げ落ちる羽目になった。

それでも、さすがは武蔵《むさし》の国を流れる大河の化身、荒川の河童達とは違い、一瞬の内に立ち直る。またさっさと人の形で現れると、禰々子に性懲《しょうこ》りもない視線を送ってきた。

「やれやれ、今日も強いなぁ。我は、さっき堤に来ていたような細っこいおなごよりも、禰々子のような者が良いと思うぞ」

「おなごに目が行くとは、元気で結構なこった。なのにどうして機嫌が悪いのかね？」

「うーん、どうしても、そっちの話がしたいのか」

緑が濃い木の下で語らうと、涼やかな風が吹き通って、心地よい。しかし、禰々子といるのに色恋は進まないので、太郎は渋々男女の話から離れ、ここ最近利根川に何が起こったかを語り始めた。

「まあつまりだな、禰々子。最近、我ときたら恐ろしいことに、人達に身を削られ、無体な事をされているのだ」

「無体な事？」

　こんな大男に、何かしたい人がいるのかと、禰々子が遠慮もなく口にする。すると太郎は、とんでもないことをされているのは、目の前を悠然と流れる太郎の本性、利根川自体なのだと、溜息混じりに言った。

「川で、普請《ふしん》を始めた者がいるのだ」

　堤が切れ、出水になった訳でもない時に、川を人にいじられると、太郎は落ち着かない。それが続き、終《しま》いには不機嫌の固まりとなった太郎は、流れを物騒なほど荒くしたのだ。

　禰々子は溜息をつく。

「あんたはこの地で、その名を知られた大河だ。落ち着いてくれないと、人が困り河童が流される。田畑が水害にあうと、胡瓜一本ならなくなって、まいるんだよ」

　どうにかしろと禰々子が言うと、自分に手を出す人が悪いのだと、太郎はふくれ面になる。だが禰々子が心配してくれる様子を見て、少し機嫌を直した。それから、人達が無体をする訳を探ってはくれぬかと、禰々子に頼んで来たのだ。

「何で私が！　太郎、そうして人の姿をとれるんだ。己でやればいいじゃないか」

「あのなぁ、確かに我の姿は、人そのものだ。こうして喋《しゃべ》る事だって出来るし、顔だって悪くはないさ。うん、いい男だ」

坂東太郎は大いに己を褒める。だが。

「しかし、どういう訳だか人の間に混じると、我は目立つらしい。あげく、避けられる。つまり、人とはろくに話が出来ぬのだ」

それでは、人が利根川で作業している訳など、探れるはずもなかった。一方、背は高いが、どこから見ても人間のいい女である禰々子であれば、人に混じり、何時にない普請の訳を摑《つか》めるはずであった。

「勝手な事を言うんじゃないよ」

禰々子は眉間に皺を寄せる。

だが、しかし。利根川を、荒れるままにしておけないのも、事実であった。すると、その迷いを察したのか、太郎は少し甘えるように禰々子へすがってくる。

「なあ、頼む。本心困っておるのだ」

先刻、利根川を泳いでやってきた緑色の河童達は、もう川には入れぬようにするからと、太郎は言い出した。太郎も禰々子の役に立つ故、禰々子も太郎の困りごとを助けて欲しいと、持ちかけてきたのだ。

「禰々子が頼りなのだ。お願いだ」

こういう言い方に、禰々子は弱い。

「ああ、しょうがないねぇ。じゃあ太郎、私がちゃんと訳を摑んだら、機嫌を直しておくれよ」

「勿論《もちろん》、勿論」

「川の流れを元に戻す事。そして、うちの子分達を、もう流したりしないで欲しいね」

それが交換条件だと、禰々子が言う。すると坂東太郎はここで、そっと禰々子の手を取った。

「子分のことより、お礼に、我の嫁にしてやろうか。うん、その方が嬉《うれ》しかろう？」

途端、禰々子は太郎をぶん殴り、川の流れの中へと、また突き落とす。それから、水しぶきが上がった方を見もせず、用件を済ませる為《ため》、さっさと堤から離れた。

「面倒くさいことになったね」

仕方ないと嘆きつつ、禰々子は子分達を急ぎ呼び集める。それから板東太郎について、話を集めるよう指示した。

「姉さん、人達は最近、暇なんですかね。確かに川のあちこちで、何かしているようです」

格好の良い姉さんが大好きな河童達の働きは素晴らしく、二日と経《た》たずにあれこれ話を摑み、禰々子の元へと運んできた。その報告によると、利根川の幹流や、別れて流れている太日川《ふとい》に、数多の者達が集まっているという。

「へえ、人達は二つの川へ、同時に手を出してるのか。じゃあ同じ理由で、作業をしているのかもしれないね。太日川の方が人が少ない？　じゃあ、そっちから探ろうか」

編み笠《がさ》を被《かぶ》った杉戸河童を供に、禰々子は太日川へと顔を出す。すると確かに、もっこや鍬《くわ》を持った人夫達が大勢で河畔へ入り、作業をしていた。近くの堤に立って、暫《しばら》くその様を見続けるとじき、人達が川で何をしているのか、分かってきた。

「驚いた。ここの堤が切れた訳でもないのに、人の手で川を変えようとしてる。底を深くしてるし、新たな堤まで作ってるじゃないか」

川とは元々、雨が低い地を流れて出来たもので、その水が行く先は、天と地が定める。その流れをどこに通すか、人の意向が聞き入れられた事などない。時として川筋以外に水があふれ出る事もあり、そんな時は、人に被害が出たりするのだ。

禰々子とて出水は嫌いだが、たまにはそういう年もあると、承知している。何しろ相手は、天が作りたもうた水の流れ、地を割ってゆく川なのだから。河童はその流れの内に、世話になることはあっても、川の主たる坂東太郎へ、あれこれ己の都合を押しつけたりはしない。天地とのつきあいは、そういうものだと思っていた。

ところが。

今、禰々子の目の前にいる、蟻のように小さな人達は、そうは考えていないらしい。川へ杭《くい》を打ち、底を浚《さら》い、本気で流れに手を加えようとしている。恐ろしいことに、どう見ても正気でやっていた。

「何で、勝手に川を変えようなんて、思いついたのかね」

あんなに底を掘り下げては、広い川の中ほどを、狭い流れが下ることになる。じきに一部の川底が削られ、自然の堤がもう一重、川原の中に出来てしまいそうであった。

「一体、人達は何を考えて、こんな無駄な事をしてるんだろう」

禰々子は作業の様子をもっとよく見ようと、堤の上から川原へ降り、流れの上へ身を乗り出した。作業はまだ半ばらしく、岸近くの淵《ふち》で水が渦巻いている。

するとその時、禰々子の直《す》ぐ後ろから、慌てたような声がした。

「娘さん、おお、危ないですよ。そのように川へ身を乗り出しては」

「危ないって……私に言ってるのかい？」

禰々子は驚いて、思わず振り返る。正直な話、今まで姉さんと呼ばれはしても、娘さん、などと言われた事は無かったのだ。

いや、禰々子にも幼い頃はあったのだろうし、もしかしたら昔誰かが、そう呼んだかもしれない。しかし、既に古《いにしえ》の記憶は水の内に流れ去り、禰々子自身ですら覚えていない。それで大いに驚いた顔を、声の主に見せる事になった。

禰々子の近くに来て、心配げな顔を向けてきているのは、一人の若い侍であった。やたらと背の高い半鐘泥棒で、もっさりとしている上に、少しばかり猫背だ。比べれば、禰々子の方が余程押し出しが良い。それでもその男の目には、禰々子は若く、守らねばならない娘に映っているようで、急ぎ堤から降りるよう、また話しかけてくる。

「それがしは関東郡代、伊奈《いな》様の配下にて、小日向勘十郎《こひなたかんじゅうろう》と申す」

今、太日川は、流れがいつもと変わっている。よって落ちると危ないのだ。

「若い娘御が、無茶はいけません」

小日向は大真面目《おおまじめ》に禰々子へ、説教をしてくる。禰々子は、苦笑を浮かべずにはおれなかった。

「心配、ありがとうよ。私は禰々子という者だ。でも、大丈夫なんだよ。何故って……」

「禰々子殿、最近、無茶をする娘御が多すぎます。昨日も一人、川の堤を供も連れず、歩いている娘さんがいたとか」

その娘は道に迷っていたらしく、小日向の配下が送ったらしい。どうやら世間知らずの、その小娘と同じように扱われていると知って、禰々子は益々呆然《ぼうぜん》としてしまった。

（でもさ、どう考えても、目の前の小日向さんより、私の方が強いよね）

いや、禰々子と向き合っても、そんな自明のことも分からないくらいだから、小日向は腕っ節が、大分弱いに違いなかった。しかし、だ。それでも小日向は、禰々子がおなごだからと、一所懸命守ろうとしてくる。

（変な奴）

こういう奇妙な御仁に会うのは、初めてのことであった。武士として、どうしても禰々子を守りたいのであれば、好きにさせぬのも悪いような気までしてくる。

（うーん、どうしようね）

思わずうなった、その時であった。川の方から突然、大声が上がったのだ。

「うわっ、杭が流されたっ」

「何でだ？　どうして全部一度に抜けたんだ？」

どうやら普請が上手《うま》くいっていないようで、小日向は急ぎ、川原の先の方へと駆け戻ってゆく。だが途中で寸の間止まると、禰々子へ声を掛けるのを忘れなかった。

「とにかく、後で送ります。娘さん、そこで待っていて下さらぬか」

そうして、また駆けてゆく先の川へ目をやると、流れの中を杭が何本も漂っていた。するとその杭を、水の中から腹立たしげに蹴飛ばす者の足が、ちょいと見えた。

「ありゃ、河童の足じゃないか」

顔が見えないから、どこの誰だかは分からないが、この太日川に住まう河童かもしれない。人の手によって、いきなり住みかの川底が変えられてしまったら、確かに面白くないに違いない。きっとそれで、水の中から杭を引き抜いてしまったのだ。

「やれやれ」

これでは当分、騒ぎは収まりそうもなく、先ほどの小日向から話を聞くのは無理だろう。そう察しをつけると、禰々子は一旦太日川から引き、帰る事にする。しかし生まれて初めて、おのこに送って貰うという経験をし損ねた事が、少しばかり残念であった。

「まあ、また出直して来るから」

そう口にしてから、禰々子は己の言葉に、少しばかり首をかしげた。堤から川原へ降りてゆく小日向は、既に随分と離れている。禰々子の声が聞こえる筈もなく、何でそんな事をわざわざ言ったのか、己でも分からなかったからだ。

3

翌日の事、禰々子は、一人で太日川へと向かおうとした。

しかし小日向が気になるとかで、何故だか杉戸河童が、草に隠れてくっ付いてきたのだ。そしてこの日は、川近くへ着いた途端、禰々子は目を見開く事になった。驚いた事に堤の上を、華やかな蝶が沢山飛んでいたのだ。

「いや……あれは、本物の蝶じゃないね。娘御の着物の柄か」

よく見れば駆ける娘の後ろから、誰ぞが追っている。娘はそれが嫌で逃げているのだ。

「追ってる奴は……妖かね？　人かね？　どっちか分からないなんて、ろくでなしに決まってるか」

禰々子は勝手に決めると、娘の味方をする事に決めた。守るのなら、おっかけている方より、逃げている方がいいではないか。

途端、杉戸河童の声が草むらから聞こえる。

「姉さん、うかつに人に関わると、後で困るから止《よ》せって、姉さんがおっしゃったんですぜ。だから……ありゃ」

杉戸河童の声を置き去りにし、禰々子はひょいひょいと駆け寄ると、娘と男の間へ割って入った。驚いて一寸《ちょっと》足を止めたのは、どうやら妖ではない。妖に面が似てはいるが、人で、男で、多分臥煙《がえん》であった。

「なんだぁ、こりゃ男か。いんや、男女か？　でかいの、邪魔だ！」

臥煙の好みは華奢《きゃしゃ》なおなごであるらしく、突然現れ道を塞《ふさ》いだ禰々子へ、堤から消えろと怒鳴ってくる。だが禰々子は逃げる気はなかったから、臥煙の方を、さっさと堤から追い払う事にした。

禰々子が腕を一振りしたところ、いきなり臥煙が堤から消えたので、後ろで立ちすくんでいた娘は呆然としていた。その時、遠くで水音がしたが、余りに離れていたので、臥煙が川へ落ちた音だとは考えなかったらしい。

それでも禰々子が現れた途端、臥煙が消えたのは事実で、娘は深々と禰々子に頭を下げてくる。

「あの……助けていただき、ありがとうございました。私、笹山《ささやま》なみと申します。本当に助かりました」

「こりゃ、ご丁寧に」

禰々子は笑って、己の名を告げた。

「あの、きちんとした家の、お嬢さんに見えるけど……ああ、御武家なんだね。どうしてこんな田舎の川の堤を、一人で歩いていたんだい？」

若い娘が来るような場所ではない。何か訳でもあるのかと単刀直入に問うと、なみは頬を染めた。

「あの、この先の川で働いておいでの小日向様というお方に、少々用がございまして」

小日向は最近、太日川に詰めきりで作業をしている。よってなみは、この川にまでやってきたのだが、似たような土手が続くばかり。道に迷ってしまったのだ。

「小日向さん？　ああ、そんなら近くにいるだろう。さっさと会えばいい」

今なら川原で作業中じゃないかと、禰々子がなみを促し堤を歩んでゆく。

「ああ姉さん、また」

するとなみが、後ろで少しばかり首をかしげている。禰々子はおなご故に、どういう者だか分からないのだろう。まさか河童だと教える訳にもいかず、禰々子は小さく笑った。

「実は私も、小日向さんに用ありでね。普請を指揮してるあの御仁に、利根川と太日川でやってる作業の事を、聞きに来たんだよ」

禰々子は土手から下りつつ、おおざっぱに堤にいる訳を告げる。すると、何故だかなみは少し、ほっとした様子を見せた。

その時、眼前に見えて来た普請場で、立ち上がった男がいた。近寄ってくる禰々子を見つけたようで、小日向が作業の手を休め、手を振ってきたのだ。

「これは、昨日のお人ですよね。ちゃんとお一人で帰れましたか」

少し猫背の大男が、優しげに問う。

「うん、大丈夫だったよ。それでさ、今日はたまたまその堤で、この娘御に出会ったんだ。小日向さんに、用があるようだよ」

「おや、私にですか？」

見覚えが無いのか、小日向がちょいと眉を引き上げる。するとその時、なみはひょこりと頭を下げると、意を決した様子で名乗った。

「私、笹山なみと言います」

途端、小日向が顔を引きつらせる。

「あ……笹山殿の妹御でしたか。済みません、こりゃ大きくなられた。見違えました……綺麗《きれい》になられて」

まだ、着物の肩揚げをおろす前に会って以来だと言い、小日向は大きな身を二つに折り、久方ぶりですとなみに挨拶をした。その顔が微《かす》かに赤い。そして禰々子へなみのことを、道場仲間の妹だと告げたのだ。

すると。

「それだけでは、ございませんでしょう」

華奢ななみが、大きな小日向に向かい、きっぱりと言う。それから禰々子を見ると、緊張した表情のまま言う。

「私の兄と小日向様は、とても仲が良いお友達なのです。それで兄は妹の私を、小日向様へ添わせる事に決めておりました」

随分前からの事で、小日向も承知の話であるらしい。

「何と。お二人は許嫁《いいなずけ》の間柄なんだ」

禰々子は目を見張る。すると近くから、杉戸河童の声が聞こえてきた。

（親しい縁の者ならば、どうしてなみ殿は、川原に来たんでしょうねえ）

武家ならば、町中の屋敷に住んでいるはずであった。そこへ行かず、若い娘が、許婚の仕事先へ顔を出して来た訳は、何なのだろうか。禰々子が首をかしげたその時、なみがその疑問の答えを、自ら口にしてきた。

「小日向様、兄から突然、婚礼の話は無かった事にすると言われました。訳は、教えて貰えませんでした。聞くなと言われました」

だから、なみは小日向の屋敷を訪ね、子細を問う訳にはいかなかったのだ。

「理由を聞かせては頂けませんか。私、気になって……破談になってからずっと、気になっていて」

なみが、今にも泣きそうな様子で問う。すると小日向は酷く困った表情を作り、一歩二歩、川原を後ろへ下がっていった。

（あれまぁ、大の男より、細っこいおなごの方が強いみたいだ）

禰々子がつぶやくと、草むらから杉戸河童の笑い声が聞こえてくる。どうも人の世というものは、河童の暮らしやつきあいよりも、ぐっと面倒くさく出来ているらしかった。

4

「それでそれで？　ああ、面白き話ですのう」

「姉さん、二人は、どうなったんですか？　いや、興味津々《しんしん》」

「男が謝って、おなごとくっつきましたか？」

利根川の近く、いつも禰々子が休んでいる桜の木の下には、大勢の河童達が集まっていた。しかもその子分達は皆、これが河童かと思うほど目をきらきらと輝かせ、小日向となみの恋の行方を気にしている。

何しろ昨日禰々子は、子分の杉戸連れであったから、河童達の間に、あっという間に噂が広がってしまったのだ。なみの事を、綺麗な娘であったと伝え聞いた河童達は、我慢出来なかったらしい。三々五々、禰々子の元へきて、胡瓜を片手に喋りまくっていた。

「あのねえ、お前さん達。今の皆は、人が井戸端で噂話に興じている様子と、そっくりだよ。長屋のおかみさん達みたいだ」

禰々子が溜息と共にそう言うと、河童達はきょとんとした表情を浮かべる。

「人が我らを、真似《まね》るのでございますか」

「人も、少しは勤勉になったのですねえ」

子分達は真剣な顔で、深く頷《うなず》いている。そして、それからまた破談の原因について、楽しく話し始めた。

「きっと小日向様という半鐘泥棒が、半鐘を盗んだのだな。それで妹を嫁にはやれぬと、兄貴に断られたのだ」

「いや、浮気に違いないぞ。ぬぼーっとした小日向さんに、女狐《めぎつね》の恋人が出来たのだ。よって、人の子は振られたに違いない」

「確かに、狸よりは狐の娘の方が、綺麗な事が多いからのう」

「ああ、本当に勝手ばかり言って」

このままでは黙りそうにないので、禰々子は子細を語って、噂話を止める事にした。そして、これからどうするべきか、子分達の意見を聞いてみようとも考えたのだ。

「小日向さんは、なみさんの顔も知らなかったんだよ。だから、相手を嫌って別れた訳じゃなかった」

つまり離別の理由は、当人達とは別の所にあった。そしてその訳には、禰々子達河童とも繫《つな》がる大事が、含まれていたのだ。

なみに破談の訳を問われた小日向は、一瞬うろたえた。だが直ぐに周りへ目をやると、作業しつつも興味津々、耳をそばだてている者たちから逃れるように、川原を離れた。それから堤を上り、一旦川の外へ降りてから、近くにある地蔵尊の側《そば》、木陰の木の根に腰を下ろす。禰々子となみが後に続いた。

するとと小日向は、まず深い溜息を一つついた。その表情は冴《さ》えず、素振りには力が入っておらず、大の男がいささか情けない。

「実は」

声までが、何故か小さかった。

「私の主は徳川家から、ある命を受けました。それで私が主から指示され、川の普請を始めたのです」

その普請は利根川幹流と、そこから別れて流れる太日川で行う事になっている。そして小日向は、まず太日川の川底を掘り下げる作業から始めたのだ。

だが、しかし。ここで小日向の声が、一段と低くなる。

「我らは……この普請、成せるかどうか分かっていないのです」

「えっ、何でだい？」

禰々子が、なみと顔を見合わせる。川を深くするというのは、確かに大変であろうし、河童に言わせて貰えば、馬鹿馬鹿しくもある。しかし、実際作業は進んでいるのだ。やれぬ話とも思えなかった。

しかし小日向は、首を振る。

「実は、主が受けたご命令は、川底をどうこうするという事では、ないのです」

小日向は最初にその命を聞いたとき、冗談かと思ったそうだ。

「徳川家からのご命令は……利根川の流れを変えよ、という事でございました」

「は？」

「ええっ？」

禰々子となみの声が揃う。確かに寸の間、大いなる冗談かと思ったが……小日向は真剣な表情を浮かべている。禰々子は身を乗り出し、恐る恐る聞いてみた。

「あのさ、利根川は坂東の大河だよ。坂東太郎なんだ。そんなものを、どこへやろうっていうんだい？」

太郎は武蔵の地を遥《はる》かに下ってゆく、大きな流れなのだ。ちょいと気が向いたからといって、余所《よそ》へ移せる代物《しろもの》とも思えない。そう言うと、小日向も苦笑と共に頷いたのだ。

「上の方は、利根川幹流会《あい》の川《かわ》を、かなり上流の川俣《かわまた》で締め切り、その流れを太日川と、合流させたいと考えておいでのようで」

「はあ？　利根川を、他へ流そうっていうのかい」

それで、新たに水量が増えるであろう川の底を、深くしていたのだ。どうやら人が、本心、川の流れを移そうと考えている事を知って、禰々子はしばし、動くことも出来なくなった。まさか、こんな話が飛び出して来るとは、予想もしていなかったのだ。

「で、でもさ。そんな奇妙な事をして、一体何になるって言うんだろう」

一本の川に二本分の水を流そうとする訳が、全く、欠片《かけら》も分からなくて、禰々子はなみの事も忘れ、真剣に小日向へ問うた。

するど更に驚くような話が、小日向の口から転がり出てくる。

「いや、上の方は、太日川の流れを太くしたい訳ではないのです。実はその……余所には言わないで下さいよ」

小日向は、さっと周りへ目をやってから、更に身を小さくして語った。

「今回、利根川の流れを、幾らか変える事に成功したら、ですね。先々もっと、川を東へ向けたいと、そう考えておられるようで」

「東へって……それ以上、利根川をどこへやろうっていうんだい」

太日川の向こうに、川筋などあったかなと、禰々子は引きつった顔で考え込む。するとその時、小日向は〝上の方〟のお考えを、また口にした。そしてそれは、禰々子の想像を、遥かに超えたものであったのだ。

「上の方々は、いずれは途中に、新たな川筋を掘って足し、利根川をはるかに東、下《しも》総《うさ》国まで流そうという心づもりと聞きました」

「今は、江戸の湾に流れ込んでいる川を、隣の国へ流そうっていうのかい？」

川筋を、全く違うものに変えようとしている！　これには本気で驚いて、禰々子は呆然とし、しばし声を失ってしまった。小日向は更に、ぼそりと付け加えてくる。

「川が東へ流れれば、治水や新田開発で、都合の良い事があるのでしょう。人は己の利で動きますから」

(坂東太郎、とんでもない話が飛び出してきたよ。お前さんは、これからどうなるんだろう。私たち河童や、利根川に住まう者たちは、何となるのか)

するとと、その場が静まった間に、横にいたなみが少しばかり口を尖《とが》らせ、小日向の顔を見た。

「あの、先ほどから川のお話はされていますが、私の質問には、答えて下さっていないような」

すると小日向は、強ばっていた表情を崩すと、溜息をついた。

「ですからその、我が主は、大河を東へ移せとご命令を受けたのです」

地勢に従って流れているものを、力尽くで変えろと言われたのだ。仕方なく従ってはみたものの、普請に着手してみると難しい。先程も言ったように、実際成せることなのか、小日向には未《いま》だに分からないのだ。

そもそも川は、人がどう手を加えても、東へなど向かわないかもしれない。普請が難航し作業期間が延びれば、主家が金子《きんす》不足に陥り、途中で立ち往生する事もあり得る。

それだけではない。普請途中、中途半端《はんぱ》なところで大雨でも降ったら、堤が切れ、災害を呼ぶ可能性さえあった。

「正直に言いますと、このような御命は、受けたくなかった。ですが徳川家からやれと言われたら、主は嫌だとは言えないのです」

そして作業が難しかったから、出来ませんでしたでは済まない。

「しくじったら、我らが責任を問われる事になるでしょう。その時はお家の為、殿だけはお救いせねばなりません」

つまり、下で実際作業を受け持っている小日向が、全《すべ》ての責任を背負って、腹を切る事もあり得るのだ。普請が始まってから、小日向はその事が、頭から離れなくなっていた。

「下手に私と繋がっていると、後々、災いが及びかねません。ですから当分妻など持てぬと、そう笹山に言いました」

笹山とて、妹がかわいい。だから双方承知の上で、今回の縁談は流れたのだ。

「済みません、そういう訳です」

話がそこで終わると、まだ驚きの中にある禰々子に続き、今度はなみが、声を無くし黙り込んでしまう。小日向はまた溜息をついた。

「丁度今、川底を掘るのと同時に、締め切る事になる会の川に、新たな堤を作ろうとしている所です。ですが困ったことに、その作業すらちっとも進んでいません」

日中少しは作業が進んでも、何故か夜の内に、打った杭や土嚢《どのう》が崩れてしまうのだ。まるで誰かが毎日来て、暴れているかのような状態だと、小日向は苦笑を浮かべる。

「いや、調べましたが、無法者は目撃されておりません。夜、真っ暗な河の縁で、明かりも点《つ》けずに、やれる事でもありませんし」

小日向達には全く訳が摑めていなかった。

「まだ普請は始まったばかりなのに、普請は早、難儀をしております。これでは、先が思いやられます」

費用もどんどん、かさんでいるのだ。小日向が下を向くと、禰々子は小さく首を横に振った。

「そりゃ川筋を変えるとなりゃ、その川に住む者たちから、反発も出るだろうよ。獺《かわうそ》や川の主たる鯉《こい》、それに、水と縁のある妖《あやかし》達まで、揃《そろ》って人のすることを嫌うだろう。邪魔されるのは、仕方がないさ」

「おや禰々子さんは、夜の騒ぎは、妖達の仕業であると、言われますか」

妖の事は、物語の中であれこれ読んだと言い、小日向が僅《わず》かに笑う。どうも、信じてはいない様子であった。

しかし。禰々子は眉間《みけん》に皺《しわ》を寄せた。

(人の意向に気がつけば、この先坂東太郎だって、本格的に怒るだろうね)

今でさえ、川原での普請が気に障《さわ》って、太郎は流れをきつくしている。人の手で勝手に、馴染《なじ》みのない下総国へ移されると知ったら、誇り高い坂東太郎は癇癪《かんしゃく》を起こし、人も田畑も、周りにある全てを流してしまうかもしれない。そして河童の川流れ、禰々子達利根川の河童さえも、海にまで流されてしまうのだろうか。

しかし板東太郎が大人しく下総へ行くのもまた、困る話であった。そうなったら禰々子達川に住む河童は、どうなるのだろう。

「何でこんな事に……」

禰々子がぽつりと言う。

「どうしたら、いいんでしょう」

なみが、座っている木の根を見ながら、深く息をつく。

「幼い頃、兄が縁談を決めてから、ずっと小日向様のことを考えていました。だから再会したら、色々お話ししよう、良き嫁になろうと思ってたんです。あれこれ頑張っておりましたのに」

二人の声は聞こえたようであったが、小日向はどちらへも返答をしない。いや、出来ないに違いない。多分小日向もまた、悩みの津波に流されかかっているのだ。

5

とにかく禰々子は、人が川原にて、普請をしている理由を知った。

（こりゃ、大騒動になりそうだ）

本心としては、坂東太郎にそんな物騒な話などしたくはなかった。だが子分達は、ちゃんと知らせなければ駄目だと言う。

「坂東太郎さんに、人達が無体をする訳を探ると、約束されたんでしょう？　では、お知らせせねば」

「事情を知らせなかったら、太郎は怒るだろうね。でも知らせても、怒ると思うけど」

禰々子は太日川から帰ると、太郎へ全部伝える為、仕方なく太郎を探しに行ったのだ。

すると。翌日、一本桜の下にいた禰々子の所へ、子分達が駆け込んで来た。

「姉さん、利根川の流れが鉄砲水みたいになって、橋が二本も流されたって話ですよ」

「亀《かめ》と鰻《うなぎ》が、溺《おぼ》れかけたそうです。坂東太郎さん、やっぱり酷《ひど》く怒ったんですか？」

子分の河童達は、揃って泣きそうな顔だ。禰々子は疲れたように、深く息を吐いた。

「ああ、太郎は腹を立ててたよ。今でも、怒り狂ってる」

太郎は、己が無理矢理、東の地へ移されかけている事を聞き、我慢ならなくなったのだ。川の流れは速まり渦を巻き、手がつけられない。禰々子の目の前で、舟が何艘《そう》もひっくり返った。しまいには川の鯉が、岸へ逃げ出す始末であった。

「太郎ときたら。訳を突き止めたら、流れを穏やかにすると約束してたのに」

「姉さん、我ら河童は、頑張って流されずにおります。もう川流れは駄目だとの、姉さんのお言葉でしたから」

「そうかい？　偉いね」

禰々子が褒めると、河童達は桜の下で、揃って胸を張った。

だが実を言うと、余りに流れが速くなったので、皆、岸辺に上がっているのだ。

「ですからそのぉ。板東太郎さんの癇癪が収まり、流れが戻らないと困ります。泳ぐ事も、魚を捕る事も出来ないんで」

子分達から、助けて下さいという言葉を聞き、禰々子の悩みは深まる。

「ええい、坂東太郎ともあろうものが、皆に迷惑をかけるとは。子供のようじゃないか」

川端でうめく。勿論、人の思惑で流れを移されるなど、不愉快極まりない事は分かる。多分、共に移るしかない利根川の河童達にとっても、事態は同じなのだ。

「だからさ、あいつに普請の事情を話した時、始めはあたしだって共に悩んだよ。愚痴を言いあったし、坂東太郎を慰めもした」

しかし、日が暮れて月が昇ってまた朝となっても愚痴は続いた。だから太郎をなだめる事にも段々飽いてしまい、禰々子は一旦川から離れ、休んでいるのだ。

「だってねえ、ようく考えれば、流れること自体は、たとえ人であっても止められない。つまりどこへ流れ出ようが、利根川が消える訳じゃないんだから」

もし東へ流れる事になったら、武蔵から下総へ抜ける坂東太郎は、益々長い川となり、その姿を大きくする事になるだろう。

「そう、更に大物になるんだ」

つまり……ここで禰々子は、己のようなおなごにも、大層優しかった小日向の顔を思い浮かべた。あの侍は、ずっと大変な立場に立たされているのだ。

「太郎の方は、小日向さんのように、命が危うくなるって訳じゃないんだからさ」

怒るはいいが、もうちっと大人になれないのかと、禰々子は川縁《かわべり》でこぼしたのだ。

すると。

この時突然、目の前を流れる利根川の内から、水しぶきが上がった。そして、何時《いつ》になく怖い顔の太郎が、流れからぬっと現れたものだから、子分達が慌《あわ》てて草むらへ隠れる。拙《まず》い事に、禰々子の愚痴が聞こえてしまったらしい。

「禰々子、酷いではないか！　我は人から、かように理不尽なことをされているのだぞ。なのに何と我より、作事をしているろくでなしを庇《かば》うのか」

長年、共に過ごしてきた仲だというのに、河童が川より人を大切にするなど、許されるものではないと太郎は言い立てた。禰々子が慌てて、お前さんの方が大事に決まっていると言っても、収まるものではない。

見れば何と、板東太郎は、半泣きになって怒っているのだ。

「腹が立った。たとえ、もっと大きくなると言われようが、我はこの地から動かぬぞ。禰々子のお気に入り、小日向さんとやらの命が掛かっていても、絶対に動かぬ！」

「太郎、幼子のように、駄々をこねるんじゃないよ。あんたは大物なのに、みっともないだろうに」

「禰々子が悪いーっ」

わめいて迫ってきたものだから、太郎は禰々子に思い切り平手打ちを食らい、飛沫と共に川の内へ消えた。それでも太郎は、直ぐにひょいと水から顔を出して来る。

「絶対、絶対にこんな普請、邪魔してやる」

禰々子は太郎を、川端より見下ろし睨《にら》んだ。

「太郎、あんたは利根川の化身、この川そのものだ。今回は、人が手を出して来たんだから、やり返すのはあんたの勝手さ。けど、こすっからい事だけはするんじゃないよ」

禰々子は一帯の大親分、河童を束ねる頭なのだ。いけ好かないやり方をする輩《やから》は、見逃したりしない。そしてこの普請には、小日向の命と、坂東太郎の矜持《きょうじ》が掛かっていた。

「だから双方がぶつかり合う時は、正面から堂々と。その事だけは忘れちゃいけない」

禰々子はそう念を押した。

「勿論だとも、約束する。人が正面から挑んで来るのなら、有り難いくらいだわ」

太郎はそう言い放つと、一段と大きな渦と共に、不機嫌そうに川の内へ消えてゆく。すると杉戸河童《かっぱ》が草むらから現れ、禰々子へ心配げに言葉を掛けてきた。

「姉さん、いいんですかい？　小日向さん、まともに太郎さんとぶつかったら、流れに呑《の》まれて、あっさり溺れちまいそうですが」

「あー、あの御仁は人だものねえ。土左衛門《どざえもん》と名を変えたら、膨れて気味悪くなりそうだね」

小日向に水練を勧めておこうかと、禰々子は試しに言ってみる。しかし子分達から揃って、人は不器用故《ゆえ》、なかなか泳ぎが上達しないものだと言われ、大きく溜息《ためいき》をついた。

「やれやれ、どうすればいいんだか」

するとその時であった。何故《なぜ》だか子分達が一斉に、素早く水の中へと消えたのだ。

「あん？　皆、どうした？」

言った時には、禰々子も近寄ってくる姿を認めて、すっと立ち上がっていた。だがそれが、かわいい小花模様の着物を着た娘だと分かると、己から手を振って場所を知らせる。

「なみさんじゃないか。どうしたんだい？」

太日川ではなく、利根川の方へ来たということは、なみは今日、禰々子に用があるのだろう。利根川の川縁、大きな一本桜の辺りによく居ると、禰々子は伝えてあったのだ。

なみは、何故だか酷く緊張していた。そして、桜の根本近くの石へ腰を下ろすと、直ぐに禰々子へ、ある頼み事をしてきたのだ。

「あの禰々子さん、今日はお願いがあってまいりました。その、お力をお借り出来ませんでしょうか？」

どうしても叶《かな》えたい事があるが、身内には頼めぬのだと、なみは言い出した。

「おや、何事かな」

軽い調子で禰々子が問うと、なみは顔を赤くし、必死に言葉を継ぐ。

「私はその……小日向様に、嫁ぎたいのです」

「えっ、まだ縁談、諦《あきら》めちゃいなかったんだ」

「叔父が、まとまらなかった縁談の代わりに、別の縁を持ってきたのです。それが困ったご縁で」

そちらの相手は兄の道場仲間ではなく、顔も知らない。だが小姑《こじゅうと》になるだろう妹が、なみと琴の先生が同じであった。

「その妹御と私は、全く合わぬのです」

きっとその兄とも、気が合わぬに違いない。いや、絶対に合わない。しかし笹山家よりも、先方の方がかなり禄《ろく》が上である故、なみの二親は良き縁だと強く勧めて来たのだ。

「このままでは、直ぐにその縁談が、決まりかねません。禰々子さん、何とか出来ぬものでしょうか」

「あのねえ、縁談を破談にするなんて事は、私には無理だよ」

禰々子は肩をすくめた。そもそも禰々子は人ですらなく、河童なのだ。子分が山といて、関八州の大親分であろうが、河童は河童。人の仲人《なこうど》とは縁が無かった。

「それにさ、なみさんは新しいお相手と、まだ会ってないいんだろ？　連れ添ってみたら、存外合うお人だってことも、あり得るわな」

だがなみは、きっぱり首を振る。

「駄目なのです。どんなに良きお人でも、その、小日向様ではありませんから」

なみは何年も前から、小日向に嫁ぐのだと、そう思い描いてきた。

「今更、他の夫など考えられませぬ」

そう話すなみの頬が、僅かに赤い。

「な、なるほど」

「私、いざとなれば小日向様のお屋敷へ、駆け込んでも良いと思っております」

だがそれをするには、小日向自身が承知してなければならない。しかし今の状態では、小日向はなみを、妻には迎えぬと思うのだ。

「だからお願いです。この縁がまとまるように、禰々子さん、力をお貸し下さい」

親も親戚《しんせき》も頼れず、なみは禰々子にすがるしかないのだ。

「そ、そう言われてもねえ」

一歩身を引き、二歩下がり、禰々子は思わずその願いから、後ずさってしまう。

(だってさ、なみさんの願いを聞く為《ため》には、今回の普請を、無事成功させなきゃならないじゃないか)

だが普請が上手く行くということは、利根川がどんどん、東へ付け替えられるということでもあった。本当にそうなったら、太郎は一層荒れ、一段とがっかりして、力を落とすに違いない。禰々子は大河のそんな姿を、見たくなど無かった。

(ああ、両方の願いに挟まれるなんて)

おまけに、なみから小日向の事を言われると、禰々子は何だか胸の辺りがざわついて、調子が狂うのだ。

(ここんところ、忙しいから。疲れているのかもしれないね)

だがなみは、禰々子が逃げ腰になっても、引いてはくれなかった。

「後生です、禰々子さん。助けて下さい」

「ああ、縋《すが》って来られると、弱いんだが」

若い娘っこの気持ちは、かわいいとも思う。しかし長年、利根川に世話になってきた河童としては、太郎を守ってもやりたい。だから迷う。頭がふらふらしてくる程に迷う。

（何としよう）

こんなに真剣になったのは、本当に久方ぶりだと思う。己でも、驚く程必死になっているのだ。

（おや、心の底から迷ったのは……初めてのことなのかもしれない）

不意に禰々子は気がつき、妙に戸惑っていた。

6

それから一週間の後、禰々子は悩みに、きっぱりと結論を出した。いつまでも、うじうじとしているのは、性分に合わぬのだ。そして直ぐ、明日へと踏み出す為、考えを実行に移した。

まず手下の一人、人に化けた河童に、なみを呼んで来させた。それから利根川堤の一本桜の下で、己の考えを告げる。なみは目を見開くと、禰々子を見つめた。

「禰々子さん、本当に小日向様の所へ行って、押しかけ女房になれっていうんですか。あの、そんな事をして大丈夫でしょうか」

なみは木陰で、嬉《うれ》しいような、不安なような表情を浮かべている。

「やってみな。諦めるのは嫌なんだろ？」

禰々子ははっきりと言った。

「どんな大事な普請《ふしん》なのか、知らないけどさ。失敗したら殿の身代わりとして、下の者が死ななきゃいけないなんて、そんな理不尽な事はない」

大体上に立つ者は、日頃、額に汗して働いていない事が多い。では、その御仁の役目は何かというと、いざというとき責任を取る事にあると、禰々子は思うのだ。

「それが出来ない殿様になんか、仕えている事などないさ。お役を辞し浪人になって、この土地から離れればいいと思う」

禰々子はなみの方へ、ぐっと顔を近づけ、問う。

「だけどそうなれば禄を失い、貧しい暮らしとなる。勝手に浪人の妻となったら、なみさんはきっと、実家から縁を切られてしまうだろうしね」

それでもいいなら小日向に、妻にして下さいと頼んでみればいい。禰々子はなみに、そう告げたのだ。

「そこまで言えば、なみさんが本気だと、小日向さんも分かるだろうよ」

普請中何があっても、己一人で済む事ならば、小日向は逃げはしないと思う。だが妻と暮らす明日があるなら、貧しい日々へと飛び込んでゆく勇気を、持つかもしれない。禰々子はそう考えていた。

「さあ、この道を先に行くかい？」

小日向のいる太日川へと繋がる堤を指さし、禰々子はすっと目を細め、なみの返答を待つ。つてがあるから、二人で江戸へ逃げるのはどうかと、言葉を重ねてもみた。

するとなみは桜の下で立ち上がり、意外なほどさっさと心を決めたのだ。

「では、押しかけ女房となる事にします。普請が失敗しそうになったら、きっと無理矢理にでも、小日向様を出奔させてみせますわ」

「本当にいいのかい？　きっと金に困るよ。友達にも会えなくなる。生まれ育った所に帰る事すら、出来なくなるんだ」

今、なみには良き縁談がある。そちらを選べば喜ぶ者はいても、非難される事はない。

「私だったら……利根川や仲間を捨てるのは、辛《つら》い。うん、考えてみたら、随分と辛い」

もし今、太郎や子分達から離れ、他の川へ行けと言われたら、総身が半分もがれる気持ちになるかと思う。禰々子はそんなことを、考えたことすら無かったのだ。

（ああ、これが人を好くって事なんだね。私は誰かと添う為、利根川を離れるなんて

言えない）

だがなみは、小日向と江戸へ向かう道を、迷わず選ぶと言った。

「私が余所へ嫁いで、その後、普請が失敗したら、小日向様は腹をお切りになるでしょう。それだけは嫌ですから」

ああと思って、禰々子は顔を空の方へと向けた。日差しが妙に眩《まぶ》しくて、目がうるむ。

負けたと思い、誰が、何のことで負けたのかと、ざわついた気持ちと共に、己へ問う。

「なみさんは強い。いっち、強いようだ」

禰々子は生まれた地より、仲間より、どんなものより、好いた相手を取れるなみのことが、心底羨《うらや》ましくあった。そういう思いを、いつか持ってみたいとも思った。

（うん、良い思いだ）

心が決まると、二人は細い道を川へと歩き出した。そして。

禰々子達は、太日川の川俣近くの土手へ上がった。しかし二人は川の様子を見ると、小日向を捜すのも忘れ、目を見開く事になった。

「こいつは、何があったんだい」

一帯が、驚く程荒れていたのだ。

特に、新たな堤の辺りが酷かった。石は散乱し杭《くい》が折れた状態で、何もかもが泥まみれで、滅茶苦茶《めちゃくちゃ》であった。

(太郎が、小日向さんへ勝負を挑んだんだろうか)

一寸そう考えたが、よく見るとそれは間違いだと分かる。何故なら荒らされていた普請の場は、幹流である会の川を締め切る為、二股《ふたまた》に分かれる太日川の流れの外、今ある堤の外に作られていたからだ。

(あんなところまでは、太郎の流れは届かないよ)

勿論《もちろん》、あの堤が出来なければ、太郎は喜ぶ。会の川から分かれている太日川は、幹流に比べ、川幅がぐっと細いのだ。そこに手を加えぬまま、会の川の方を強引に堰《せ》き止めても、水は上手《うま》く流れないに違いない。いきなり川幅が細くなったら、堰に流れがぶつかって崩れ、水害が起きかねなかった。

「これじゃ……普請を続けるのは、無理ですよね」

ここで不安げな声を出したのは、なみであった。それでなくとも、小日向は普請が出来るかどうか、心許《こころもと》ない様子であったのだ。こんなに場が荒らされては、気力が折れかけているに違いない。

するとなみは、両の拳《こぶし》を握りしめた。

「こうなったら直《す》ぐに、二人で江戸へ逃げなければ。今から、その話をして参ります！」

堤に立ち小日向を捜すと、少し離れた場所で人夫達と、散乱した杭などを拾い集めている。なみはぐっと口を引き結び、好いた男を生かす為、真っ直ぐにそちらへ向かった。

「頑張んなよ」

禰々子は一声掛けた後、おなごは強いと頷《うなず》いてから、一番荒れ方の酷い太日川の方へと足を運んだ。そこは泥が積もっているからか、人が来てはいない。

「やっぱり、太郎がやった事じゃないね。一々杭を抜くなんて細かいこと、暴れ川はしやしない」

ならば誰が、普請を邪魔したのか。禰々子は手を下したものの正体を知りたくて、荒らされた場所を上手へと歩いていった。途中、ふと顔をしかめ立ち止まる。

「なんだか臭いね」

川の泥の臭《にお》いとも違う、いつかどこかで嗅《か》いだことのある、嫌な臭いであった。だが。

「うーん、何の臭いか思い出せない」

気になるのだが、頭に浮かばない。ならばいつも側にいる事の多い子分の河童、杉戸にでもこの臭いを嗅がせ、考えて貰《もら》おうと決めた。川の魚に使いを頼もうとして……禰々子は、一寸《ちょっと》足を止める。

「子分の……河童？」

途端、頭の中に浮かび上がってくるものがあった。

「このうんざりするような臭いは、子分達と一緒に居るとき、嗅いだものだよ」

そう、太郎が、もう利根川には入れないと言っていた、あの緑色の河童の臭いだ。

「荒川の蘇鉄《そてつ》河童達だ！」

あの河童達ならば元の堤を越え、新たな普請の場を打ち壊すくらい、楽にやれる。いや、この場だけでなく、小日向がぼやいていた今までの邪魔立てとて、きっと蘇鉄河童達の仕業に違いなかった。そういえば禰々子は、川の中で杭を蹴飛《けと》ばす河童の足を、見ているではないか。

「あいつらめぇ」

禰々子に伸《の》されたものだから、憂《う》さ晴らしの為、人が大事にしている普請の場を荒らしたのだろうか。禰々子は、そういう陰に隠れた嫌がらせが、大嫌いであった。

「ちょいと、殴り方が足らなかったかね」

直ぐに元の川へ帰る気になるほど、拳固《げんこ》を食らわせなかったのは、大失敗であったようだ。いや蘇鉄河童達の住みかは荒川だ。よって、川筋を二つ三つまたぐ程に投げ飛ばし、一気に荒川へ帰しておけば良かったのかもしれない。

「これから、あの河童達に会おうか」

禰々子は静かにその場から離れると、まず川の魚を呼び、子分達への伝言を頼んだ。それから久々に、拳へぐっと力を込めたのだ。

7

禰々子が相当怒っているのを察し、子分達は、直ぐに蘇鉄河童達の居所を見つけた。荒川の河童達は性懲《しょうこ》りもなく、また別の普請場を荒らしていたのだ。

禰々子の子分達は、全員を囲って捕らえ、一本桜の下に引っ立てる。すると荒川の河童達は、必死に言い訳を始めた。

「違います、違います、普請場で暴れたのは、憂さ晴らしの為じゃありませんっ」

「本当に違いますっ。ちょっとだけ、そんなことも思ったけど、禰々子さん、本当に違います」

「ほおぉ、何がどう、違うって言うんだい」

　すると親分の蘇鉄河童ときたら、殴られ、縛られているくせに、妙に大きい態度で、目の前の禰々子に話し始めた。

「我らは坂東太郎、つまり利根川を助ける為に、普請場を壊したのだ。なんでも人達は強引に、太郎を東へやろうとしてるらしいじゃないか」

　本来ならば、利根川に住む禰々子達が太郎を守るべきなのだと、蘇鉄河童は言い立てる。

「なのに、我らに助力を頼むとは、坂東太郎も余程、困っていたに違いない」

　つまり、利根川が後ろに付いている故に、蘇鉄河童は、禰々子に強く出ているのだ。

「は？　太郎がお前さん達に、普請場を壊すよう頼んだっていうのかい？」

　禰々子がぐっと、眉《まゆ》を釣り上げた。坂東太郎ときたら、自分では出来ないことを、こっそり他の者にやらせたというのだろうか。あれほどはっきり、正面切っての勝負しかしないと、禰々子に約束したというのに。小日向は、否応《いやおう》なく己の命を掛けているのに、太郎は小ずるい手を使った！

「きっと我らの方が、頼りがいがあると分かったのであろうさ。だから……おい禰々子……いや禰々子さん、どうしたのだ、随分と急に、怖い顔になって」

調子よく喋《しゃべ》っていた蘇鉄河童の声が、急速にしぼんでゆく。禰々子の表情が段々と、それはそれは恐ろしいものに変わっていったからだ。

禰々子はその後、もう興味が無くなったとでもいうかのように、蘇鉄河童達へは目もくれなくなった。その代わり、一本桜の前を流れる大河、坂東太郎の前へと、ゆっくりと進んでゆく。子分の河童達が、ざわめいた。

「あ……姉さんがいつになく、怖いよ」

「もの凄《すご》く怖いよ。怒りが火花に化けて、ばちばち辺りに散ってるみたいだ」

すると何を思ったのか、子分達は急いで蘇鉄河童達の縛《いまし》めを解いた。そして緑の面々に、急ぎこの利根川の近くから、離れるよう勧めたのだ。

「どうして急に、我らを解き放つ？　利根川のもん、何を企《たくら》んでるんだ？」

いぶかしむ荒川河童へ、利根川の面々は、引きつった表情で言った。

「企みなど無い。とにかくここに居るのは、大いに危険なのだ」

我らも事が決着するまで、水の内にも、利根川の側にも戻らぬと言い、利根川河童達は荒川の面々を置いて、さっさと川筋から離れ走ってゆく。その姿をきょとんとして見送っていたその時、荒川河童達の後ろ、利根川の堤から、もの凄い怒りの声が天に響いた。

「坂東太郎っ、どこにいるんだーっ」

一本桜の枝が、その怒声で震え葉を散らす。一緒に震えだした荒川の河童達は、急に里心が付き、生まれ育った川へと逃げだした。

「太郎ーっ、どこだーっ」

禰々子が思いきり堤を蹴飛ばすと、辺り一帯に地響きがして、堤の天辺《てっぺん》がかなり欠ける。すると、このままでは堤が切れると思ったのか、馴染みの顔が渋々、流れの中から顔を出してきた。

「ど、どうしたのだ禰々子。今日はその、随分と機嫌が悪いじゃないか」

坂東太郎が声を掛けた途端、禰々子は太郎の眼前まで、素早く川の流れを突っ切った。そしてその顔の真ん前に、怒りと共に、握りしめた拳固を突き出したのだ。

「太郎は私との約束なんて、破ってもいいと思ってるらしい」

禰々子の声が、不吉なほど低い。

「だがね、私はそういう態度は、承知出来ないんだよ。何としても、出、来、な、い」

禰々子に対して、そういうふざけた態度を取る者は、少ない。何故なら禰々子がいかにして、関八州に聞こえた河童の親分でいるかを、身をもって知らねばならないからだ。

「太郎、相手があんたでも、同じだからね」

「ね、禰々子、冗談は無しだ」

「私は冗談なぞ言ってないっ」

声に一際《ひときわ》、力が籠《こ》もった、その瞬間であった。拳固が振り上げられ、川面《かわも》に打ち付けられたのだ。

見上げる程の水しぶきが立ち上がり、辺り一帯が地震のように揺らいだ。「どごんっ」という、胃の腑《ふ》を締め上げるような音が響く。

「禰々子、止《や》めてくれっ」

太郎が悲鳴を上げた。

「謝る。頭を下げるっ。もうしない。約束するっ」

「あんたは、大事な約束を簡単に破る奴《やつ》だ。だから、こうして殴られる事になったのさっ」

「ひ、ひえーっ」

途端、太郎が必死の遁走《とんそう》を始めた。川の水と共に、もの凄い勢いで上流へと逃げ出したのだ。

「あ、待ちな」

それを禰々子が、河童故の、信じられぬ程の速さで追ってゆく。

「嫌だ、嫌だ、やだやだやだーっ」

「太郎っ、子供のようにわめけば、済むって話じゃないからねっ。さあ、存分に殴られちまいなっ」

「嫌だーっ」

水は太郎の周りで渦を巻き、堤の土や石を巻き込んで、もの凄い色の流れと化してゆく。

「ぼえっ、な、何事っ」

悲鳴のような言葉が聞こえたと思ったら、禰々子の足下を、流れに巻き込まれた小舟程もある鯉が、転がるように押し流されてゆく。飛沫《しぶき》がぶつかって、川端の木が水の内へ倒れ込んだ。岩さえ川内を、太郎と共に上ってゆく。

幾らも進まない内に、二人の前に、利根川の流れの一部である、会の川と太日川が分かれる場所、川俣が見えてきた。禰々子は太郎が太い幹流の方へ逃げ込むと見て、会の川へと、ぐっと手を伸ばした。

ところが。

禰々子が会の川へと顔を向けた途端、太郎は大いに無理をして、太日川へと流れの向きを変えたのだ。

二股に分かれている場所の寸前で、土石を含んだ大量の水が舵《かじ》を切ったものだから、曲がりきれなかった大岩や土の山が、会の川の入り口に溜《た》まり、反対に太日川の入り端が、大きく欠ける事となった。水が被《かぶ》って広がった川の端に、これまた岩や土が積み上がり、いきなり堤らしきものが現れている。川幅はえぐれて広がり、川俣付近は随分広くなっていた。


「おおっ」

途端、大きな声が、近くの堤の上からわき起こった。いきなり地響きがしたものだから、普請をしていた小日向や人夫達は、堤の上へと逃げていたのだ。すると、信じられぬ程の大水が逆流して来て、どういう訳だか、川筋と流れを一気に変えていった。

「これは……大いに助かる！」

小日向が堤から身を乗り出し、震えつつも、なみを片手で支えている。

「見ろ！　流れが何故だか太日川の方へ、突き抜けて行ったわ。後に、土石の山が残っている」

人夫達も、揃って利根川を見つめている。すると直ぐに、その疲れたような表情に、生気が戻ってきた。

「いける……これならば、きっと普請は上手くいく！」

突然の流れが作った堤を後で強くし、川底を整えれば、利根川の流れをこのまま東向きに止めておけるかもしれない。この堤は、小日向達普請場の者が作ったのではないが……そんなことを、馬鹿《ばか》正直に報告する事は無いのだ。そして、普請の過程を気にする上の御仁が、居るとも思えなかった。

「ああ、助かった！」

小日向が、腹の底より安堵《あんど》した表情で、流れを見つめ続ける。総身が僅かに、震えていた。これで、主家は安泰となったのだ。

「つまり、私も腹を切らずに済みそうだ」

そう言ってから、小日向はやっと目を、眼前の利根川から堤へと戻した。そして、依然として不安げな顔をしているなみの方を見ると、久々の笑みを向けたのだ。

「御仏《みほとけ》が助けて下さったようだ」

だから、その。小日向は妻を迎えても、心配しないで済むことになったようであった。つまり、その、つまり。

「もし、なみ殿さえ良ければ、だが。その、新たな縁談は断って……」

するとなみは、その言葉を最後まで待たず、大急ぎで返答をした。

「はい、小日向様へお嫁に行きます」

言われた当人は目を見張り、赤くなる。

「だって、また駄目にならない内に、急いでご返事しなきゃと思いまして」

なみの正直な言葉に、小日向は寸の間、言葉を失う。するとそこへ、周りの人夫達の押し殺したような笑い声が聞こえてきた。やがて二人も一緒に、大いに照れくさそうに笑い出した。


結局、禰々子は随分と遠くまで逃げた太郎を、三発ほど殴って事を納めた。太郎は逃げる途中でよろけ、太日川の川筋から外れて土手をえぐり、東へ転がったものだから、その場の堤が大きく壊れた。

そのせいかどうかは定かではないが、後年その同じ場所から更に東へ、新川通が開削され、利根川と渡良瀬《わたらせ》川の流れが結ばれる事となった。

「ありゃ、あんまり酷い追いかけっこは、するべきじゃなかったかね」

禰々子はちょいとばかり反省し、太郎の愚痴をまた、聞いてやることにする。何故だかこの頃から、背の高い男が好みになったので、太郎のことも格好が良いと褒めたら、随分と喜んでいた。

時が下ると、利根川には更に東へ東へと、流れを変える普請がなされていった。そしてついには銚子《ちょうし》を河口とする大河へと、姿を変えたのだ。その時期、小日向となみの孫達が、利根川普請の現場で働いていた。

そして、坂東太郎は大いに臍《へそ》を曲げた故、この後何度も大きな氾濫《はんらん》を繰り返した。しかしそれでも、利根川の河童や魚の主達が共に移った為か、いつもは何とか癇癪を起こさず、東へと流れ下っている。

桜の木が、新たな川端に何本も植えられた。禰々子達河童も、じきに新しい利根川で落ち着き、その地を第二の故郷として暮らし始めた。

そして禰々子はやっぱり時々、太郎と喧嘩《けんか》をしている。

たちまちづき

1

二日月の頃、上野は広徳寺《こうとくじ》の高僧、寛朝《かんちょう》の所へ、書状が運ばれてきた。

京の寺からの便りであったゆえ、寺の僧らは、どなたからの、何の用件かと噂《うわさ》をした。わざわざ直歳寮《しっすいりょう》へ足を運び、子細を問うてきた先達もいた。それに対し寛朝は、知り合いの僧が久々に挨拶《あいさつ》を寄越したものだと、あっさり答えていた。

それが間違った答えではないことを、寛朝唯一《ゆいいつ》の弟子である秋英《しゅうえい》は、承知している。しかし、一番大切な用件について答えていないことも、師が書状を読み、あれこれ呟《つぶや》いていたのを耳にした故《ゆえ》、分かっているのだ。

京にいる僧は寛朝に、己がいる寺へ来てくれぬかと、持ちかけていた。他寺の格や待遇のことに詳しくは無かったが、その誘いが悪い話では無いことを、秋英は何とはなしに感じていた。
(寛朝様は、どうなさるおつもりなのだろう)
堂宇の廊下から月を見上げると、あれこれと考えが頭をよぎる。
京へ旅立つ意向なのだろうか。
師がそう決めても、驚きはしないと思う。
しかし反対に誘いを断っても、いかにも師らしいと思う気もした。
(もし京へ行くとお決めになったら、私をお連れになるだろうか)
師だけが去り、己はこの広徳寺に残ることになるのかもしれない。
もし……共に京へ行きたいかと寛朝に問われたら、己はどう答えるだろうか。
師はまだ、何も言わない。

江戸は上野の広徳寺といえば、世に名が通っている寺社の一つであった。広大な敷地を誇り、その境内には、幾つもの堂宇が連なっている。その上、寺は諸大名を檀家《だんか》に持っていた。
だがその広徳寺で、近年特に名を上げているのは、一人の僧であった。妖《あやかし》退治で世にその力を示した高僧で、名を寛朝という。

寛朝から妖封じの護符を授かれば、暗き新月の日に夜道を歩いても、禍々《まがまが》しいものに襲われる事は無いと言われている。妖刀《ようとう》や猫又《ねこまた》、剣呑《けんのん》な付喪神《つくもがみ》が現れた時は、疾《と》く広徳寺へ相談に行くのが良いとされた。寛朝はその法力と慈悲によって世の人々を守ると、そう信じられ崇《あが》められているのだ。

もっとも寛朝が得意なのは、妖封じだけではないことを、広徳寺の僧らはようく承知していた。高僧寛朝は、名の知れた僧とは思えぬ、とんでもない面を持っているのだ。

「俗世においては、金子《きんす》が薬よりも、人には効くものだ」

例えばそう口にして憚《はばか》らず、実際に金を集める腕の方も、大層凄《すご》い。相手が裕福な者とみれば、加持祈禱《きとう》の対価が跳ね上がる。法要等で、頻繁に寺を訪れる各藩の使者からも、しっかり寄進を頂く。護符も安くはなかった。五枚で二両二分もするのだ。

しかし目立つ立場であるせいか、孤児や病人、老人、果ては退治する筈《はず》の妖にまで縋《すが》られる事が多く、そうなると見放せないでいる。故に寛朝は、金子はいつも足りぬと愚痴を言っていた。

「よって寄進も進物も大歓迎だ。秋英、客人が寺に来られた時には、世の中には気の毒な方々がいることを、思い出して頂きなさい」

「……はい」

寛朝のたった一人の弟子秋英は、今の所師に似ず、大層真面目《まじめ》であったので、金子金子と言われると、僧にあるまじき仏頂面《ぶっちょうづら》を作ることになる。ついでに師の禿頭《とくとう》を、ぺしりと叩《たた》きたくなって困るのだが、これは弟子としての分をわきまえている故、自重していた。

(まあ金子を集めていると言っても、困っている御仁の為《ため》に使っているのだから必要な金だということは、秋英にも分かっている。

(それに寛朝様は、確かに妖を見ることがお出来になる。法力もちゃんと有るのだから、法螺《ほら》吹《ふ》きでも嘘《うそ》つきでもないな)

だが師の困った点は、他にもあるのだ。立待月がそろそろ上ろうという刻限、直歳寮の寛朝の部屋へ、遅い夕餉《ゆうげ》、薬石を運んできた秋英は、今日も顔を顰《しか》めた。

「寛朝様、また鳴家《やなり》達に菓子をあげているのですか。妖らに、すっかり甘いものの味を、覚えさせてしまって!」

弟子に叱《しか》られた寛朝が、慌《あわ》てて金平糖の入った茶筒を、後ろへ隠す。すると部屋の内に、軋《きし》むような「きゅいきゅい」という声が響いた。金平糖を貰《もら》っていた妖、鳴家達が、慌てて天井へ逃げていった。

鳴家は家を軋ませる子鬼で、それ以外何をするわけでもない上、並の人の目には見えない。至って無害な妖であったから、広徳寺の堂宇に巣くうのは構わなかったが、寛朝が金平糖を与える事に、秋英は反対であった。

「でも秋英、鳴家達は喜んでおるぞ」

「寛朝様、人に見えない鳴家達が金平糖を持っていたら、菓子だけが、宙に浮いているように見えてしまいます」

そんな光景を人に見られたら、一騒ぎ起きる事必定だと言いつつ、秋英は薬石をいつもの場所へ置く。

「それにその金平糖は、長崎屋さんのものですよね。病がちな若だんなが、寺へ来るたびに持参するのは手間だからと、寛朝様にお預けになった菓子だと思いますが」

実は長崎屋の若だんなも、妖を見ることが出来る数少ない者の一人なのだ。そのせいか広徳寺へ参詣《さんけい》する時はいつも、袖《そで》の内に小鬼達を連れていて、時に菓子など食べさせている。広徳寺の鳴家らもその分け前にあずかり、菓子の味を覚えてしまった訳だ。

「秋英、良いではないか。若だんなも、好きに召し上がって下さいと、そう言っておったのだし」

寛朝は子供のような顔をして一つつまむと、秋英にまで一寸《ちょっと》食べぬかと勧めてくる。秋英は、溜息《ためいき》をついた。

「お師匠様、甘味より薬石を早くお食べになりませんと。鳴家達が手を出しておりますよ」

「やや、こりゃいかん」

興味津々《しんしん》、麦粥《むぎがゆ》や汁、芋を覗《のぞ》き込んでいる子鬼らを膳《ぜん》からつまみ上げると、寛朝は「美味《うま》そうだ」と言って、簡素な食事をありがたく食べ始める。するとその時、廊下の方から直歳寮へ、足早に進んでくる音が聞こえてきた。

「はて、こんな刻限に誰かの」

寛朝が匙《さじ》を手に首を傾《かし》げた時、さっと居室の障子が開いた。いきなり入ってきたのは同輩の僧延真《えんしん》で、見れば後ろに連れらしき町人達がいて、廊下に控えている。

延真は寛朝の前に座り込むと、直《す》ぐに小声で話し始めた。食事中、申し訳ないと言いはしたものの、喋《しゃべ》るのを止《や》めようとはしない。

「実は私が話を聞いておりました客人らが、是非是非、寛朝様にも相談したいと言い出しまして」

今、廊下で待っているのがその客たちで、口入屋大滝屋の夫婦、安右衛門《やすえもん》とお千《せん》であるという。ここで延真は声を一段と低くした。

「大滝屋夫婦はもう三回ほど、広徳寺へ相談に来ておりまして。毎回私が、話を聞いていたのですが」

とにかく、妻が強い夫婦なのだという。そもそも広徳寺へ行こうと言い出したのは、お千であり、今回妖退治で高名な寛朝の部屋へ押しかけて来たのも、お千の意向であった。

「その、ですね。お千さんは、安右衛門さんが妖に取り憑《つ》かれていると、そう思っているのです」

「何と、それは大事《おおごと》です」

驚いた秋英が障子に近寄り、僅《わず》かに開けると、隙間《すきま》から廊下へ目をやる。すると気の強そうな妻女と、困ったような様子で身を小さくしている男が、立ちつくしていた。

しかし寛朝より、妖を見る力有りと認められている秋英の目には、怪しきものの影など映らない。

「はて妖は……どこにいるのでしょうか？　延真様、おかみさんは、どんな怪異があったと言われたのですか？」

振り向いて問うと、延真は苦虫を大量に噛《か》みつぶしたような、うんざりした顔つきになっていた。

「それが……お千さんは、おなごの妖だと言うのだ。おなご妖。そいつがご亭主に憑いているのだそうな」

「おなご妖？　それは何です？」

聞いた事のない妖の名を出され、秋英は黙り込む。向かいにいた寛朝は麦粥を前に、笑いを堪《こら》えている様子であった。

「いや、私もそんな名の妖は、知らぬな」

「寛朝様も知らぬ妖でございますか」

「ふふふ、延真殿なら、その珍《めずら》かな妖の正体を、分かっておいでと見たが」

寛朝に言葉を向けられ、延真は少しばかり顔を赤くする。そして大きく溜息を漏らした。

「秋英、実はそんな妖などいないと、私は思っているのだよ」

お千は最初店で、亭主に妖が取り憑いていると騒いだらしい。しかし訴えても回りが納得しないとみると、次は僧の賛同を得るべく、広徳寺へ乗り込んできたのだ。

「あげく、相談相手の私が、おなご妖、などという怪異を認めなかったところ、不満を募らせてな。今度は妖退治で高名な、寛朝様を名指ししたという訳だ」

相談相手を乗り換えられるなど、延真にとって面白い話ではなかったろう。しかし大滝屋は手広く商いをしている口入屋で、寺へもそれなりに寄進してくれていた。己以外は駄目だと断ったら、寺の最高位、住持の不興を買うに違いない。

「しかし、お千さんにどう言われようが、間違いはない。男に取っ憑き、憑かれた者を、おなごのように柔《やわ》にしてしまう妖など、この世にいませんよ！」

断言する延真を宥《なだ》めるように、寛朝は大きく頷《うなず》いた。そして、食べ始めたばかりの膳をひょいと横に片付ける。

「ではお千さんに、確かめねばなりませんな。どうしてそういう突拍子も無いことを言い出したのか」

やれ、冷めたら粥はのりに化けそうだと言って笑うと、寛朝は大滝屋夫婦を呼ぶよう秋英に言う。すると夫婦はまずお千から先に、高僧の部屋へと入ってきた。

2

「寛朝様には、始めてお目に掛かります。お千と申します。亭主は安右衛門と言いまして、口入屋大滝屋の主《あるじ》でございます」

寛朝の前に座るなり、まず話し始めたのは、二十そこそこのおかみ、お千であった。その横で、十は年上の安右衛門は、場を仕切る妻を止めるでもなく、渋い顔もせず、ただ黙っている。そして日頃、作法にはうるさい延真も、何故《なぜ》か言葉を挟まなかった。

(おや、もしかしたらお千さんは、厄介な話し手なのかな。下手に言葉を切られると、一層まくし立てる方かも)

お千の話を何度か聞いている、その延真が黙っているのだから、このまま言いたいことは全《すべ》て吐き出して貰うのが、一番良き態度であるに違いない。それで秋英もただ拝聴していると、お千は調子良く、おなご妖の事へ話を進めていった。

「それでですね、寛朝様。先程話しましたように、うちは口入屋、しかも中間《ちゅうげん》や用心棒など、お武家の奉公人を大勢世話する店です。威勢の良い人も、多くてねえ」

なのにと言い、お千がちらと己の亭主を見る。安右衛門は線の細い男で、上背もお千より僅かに高いだけだ。おまけに態度も声も、もの柔らかい。

「いえね、呉服屋にでも生まれた男がこうなら、あたしも納得しましたよ。人当たりが優しければ、反物だって売れるでしょうし」

しかし、だ。安右衛門の生家は、口入屋であった。

「なのに、こうも押しが弱いんじゃ、商いに差し障《さわ》ります。どう考えても、こんな性分の息子が、口入屋に生まれる訳がありません。ましてや、これが店主なんて！」

亭主について、言いたいことを言うお千に、寛朝は苦笑混じりの笑みを向けた。

「そりゃ世の中には、不思議な事もあろうさ。私なぞ、てっきりお千さんが大滝屋の家付き娘なのかと思っていたが、違うようだし」

嫁であるのに、どうしてここまで威張れるのか、寛朝には分からないらしい。するとお千は、ぷっと頰を膨らませ、己の考えを言い続けた。

「だからね、あたしは考えたんですよ。安右衛門がこんなに女々しいのは、おなごの妖に、憑かれたせいに違いないって」

「おいおい、無茶を言う」

だが当の亭主は、妻にここまで言われても、怒りもせず座っている。もしかしたら毎日こうなので、きつい言葉にも慣れてしまっているのかと、秋英は眉尻《まゆじり》を下げた。

すると安右衛門はやっと話し始め、優しげな声を出す。

「お千、商いのことは心配しなくとも、大丈夫だよ。うちの店には梅造という、しっかり者の番頭がいるじゃないか。だから……」

だがお千は、じろりと亭主を睨《にら》み、黙らせた。

「寛朝様は妖退治で、高名なんでございましょう？　ですから、うちの亭主に憑いたおなご妖も、さっぱり退治して下さいませんか」

そうすれば、安右衛門もぐっと男らしくなるに違いない。お千に期待を込めて言われ、寛朝は苦笑いを浮かべた。

「そう言われましてもなぁ。私は今まで、おなご妖、などというものの事を、聞いた事など無くてな」

よって、そんな妖を退治する方法も知らない。第一、そういう妖は、本当にいるものであろうか。問いかけられたお千は、寛朝に対し文句を言ってきた。

「寛朝様、知らない事があるなら急ぎ学んで、何とかして下さいましな。妖の事は、寛朝様が一に詳しい筈です。知らないなんて言っちゃ、評判に傷が付きますよ」

「これお千、その言い方はないよ」

亭主が一応窘《たしな》めるが、反省する様子はない。それどころか、更に己の要求を重ねてきた。

「それでね、妖退治は、早めにしていただきたいんですよ。だって……」

だがここでふと、言いたい放題であったお千の言葉が止まる。その目が、床の近くを見ているように思え、秋英も同じ向きへ目をやる。途端、顔が引きつった。

（うっ……）小鬼が一匹、手に金平糖を持って、ふらふら歩いているではないか。もし金平糖しか見えなかったら、随分と気味悪い光景に違いなかった。

（ああ、だから先程、師を止めたのに）

だが驚いた事に、お千は騒がなかった。目を鳴家の方へ向けているのに、お千はただ黙って、寸の間唇を軽く噛んでいるのだ。

（えっ？　……どうしたんだろう）

じきに顔を上げると、金平糖の事で騒ぐ代わりに、お千は亭主にとっ憑いた〝おなご妖〟を早く退治して欲しいと、期限を切ってきた。

「とにかく梅雨に入る前に、妖を片付けちゃ頂けませんか」

最近、今まで町人ばかりを扱っていた商売敵の口入屋が、武家の奉公人も紹介するようになったと、親戚《しんせき》が知らせてくれた。

「うちがずっと世話してきた仕事に、食い込もうって腹なんですよ」

他の仕事はともかく、相手が身分のある武家の場合、挨拶など、主が顔を出さねば拙《まず》い時もある。権利を持っている組合ではないから、口入屋は大名行列へ人を入れる事は無いが、やはり参勤交代で人が動いた後は、武家奉公も出入りがあった。

「そんな時、頼りの亭主が妖付きじゃ、余所《よそ》へ仕事を取られてしまいます」

そんなことになったら、安右衛門が口入屋稼業《かぎょう》に向かぬからだと、また親戚の内から、辛いことを言う者が出てくる筈であった。

「だからさお千、番頭がいるんだから……」

安右衛門が口を開いた途端、お千が亭主をきっと睨む。

「あんた、おなごの妖に憑かれてるから、何言っても駄目かもしれないけど」

でも、腹が立つから本音を言いますよと、お千は亭主へ目を向けた。

「番頭は身内じゃありません、奉公人です。梅造だって、いずれは己の店を持ちたいと思ってるでしょう。奉公人ばかりを頼ってたら、大滝屋が傾いちまいますよ」

そんなことだから、親戚達からあれこれ言われるのだとお千が怒る。亭主はついに、見るも哀れにしおれてしまった。

「……済みません」

延真は眉間《みけん》に皺《しわ》を寄せ、寛朝は笑いを堪え、秋英は溜息をついた。

(こりゃ大変だ。お師匠様は居もしない妖を、退治する羽目になるのかしら)

お千にとって、おなご妖が実際居ようが居まいが、実は関係ないに違いない。とにかくおかみは亭主に、人が変わったようにしっかりして欲しいのだ。寛朝がぼやく。

「安右衛門が強き男にならぬ限り、妖が退治されたとは認めぬだろうな」

しかし安右衛門の性格は、多分生まれつきのものだろう。たとえ、世に聞こえた高僧が説教したところで、ころりと変わるとは、秋英にはとても思えなかった。

（そもそも、性分を変えられる気力があったら、妻に文句を言われた時、とうに変わっているだろうに）

それでも、亭主が謝ったからか、お千はやっと店へ帰る気になったようだ。

「きっと亭主を、しっかりさせて下さいまし」

そう言い残し腰を上げる。安右衛門が障子戸を開けると、お千がきりりとした歩き方で廊下を遠ざかってゆく。途端、僧三人は強《こわ》ばった総身から力を抜き、息を吐いた。

「ああ参った。では寛朝様、よろしくお願いします。これからが大変ですな」

それにしても恐ろしいおなごだと言い、口をひん曲げてから、延真は急ぎ退出していく。寛朝は困った困ったと言いつつ、それでもとにかく薬石が先だと、膳を引き寄せた。

「やれ、腹が減った」

だが恐ろしい事は、膳の上でも起こっていた。何故だか粥も汁も小芋も、漬け物すら既に無かったのだ。高僧の眉尻が下がる。

「秋英、えらいことになっておるぞ」

寛朝が嘆くと、鳴家達が急いで影の内に逃げた。秋英は少々……大分、師の明日が心配になっていた。

3

「寛朝様、大変です。大滝屋さんが大怪我《おおけが》をなさったとか」

立待月から居待月になり、更に寝待月更待月《ふけまちづき》へと移って、月の出が遅くなった頃、檀家の一人が、飼い猫が猫又になったと言って、広徳寺へ預けにきた。そのついでに、大滝屋の騒ぎのことを喋っていったのだ。

「夜道で誰ぞに襲われたとか。まだ月の出る前の刻限で、提灯《ちょうちん》を落としてしまい、襲った者の顔は分からなかったようです」

「おや、お気の毒な」

月明かりが無ければ、江戸の夜は暗い。油は高いので、皆節約して早くに眠るから、町灯りも余りないのだ。僅かな星明かりと提灯の明かりのみが頼りの時は、遠くに夜鳴き蕎麦《そば》の提灯が見えると、それが恋しく思える程であった。

手元の小さな明かりが届かぬ先には、心細くなるような暗さが広がる。近くの暗がりに誰かが潜んでいても、確かめようはなかった。

「こりゃきっと、直ぐにお千さんが広徳寺へおいでになりますよ。女々しいおなご妖が憑いていたせいで、襲われても立ち向かう事が出来なかったと言って」

「秋英、怖い事を言うでない」

寺へ引き取った猫又へ金平糖を渡しつつ、寛朝が大きく溜息をついたところ、三毛の猫又は「馬鹿《ばか》」と憎まれ口を叩いた。

「菓子を貰ったから言うけどね、やらなきゃならないことは、御坊、分かってるんじゃないか?」

「きゅんわ?」

隣でおこぼれを分けて貰った鳴家達が、首を傾げている。猫又はさっと両足で立ち上がると、寛朝を半眼で見上げた。

「鳴家が教えてくれたよ。御坊は先に、己で言ってたそうじゃないか。安右衛門が強き男にならぬ限り、おかみは、妖が退治されたとは認めないだろうって」

ならば芝居でもいい、あの安右衛門に、ぐっと頼りになる男を演じてもらえばいいのだ。端《はな》から居もしない妖など、関係ない。

だがそう言われた寛朝は、猫又に向け、真剣に口を尖《とが》らせた。

「言うのは安いがのぉ」

一日中側《そば》に居る相手を欺《あざむ》くのは、結構難しいのだ。しかも、もし芝居を妻に見抜かれれば、一騒ぎ起こる事必定であった。猫又が、「おや、駄目かねえ」と言い笑ったので、側で茶を淹《い》れていた秋英が、険しい声を出す。

「寛朝様、いつも言っておりますが、寺内で妖と、仲良くお喋りなどしていないで下さい！　他の御坊に見られたら、何となさいます」

以前の寛朝は、妖退治をする高僧として、妖怪変化から、それなりに恐れられていたように思う。だが長崎屋の若だんなが出入りするようになってから、どうしてだか直歳寮の部屋は、変わっていったのだ。

昨今妖達は、寛朝の側で気楽に遊ぶようになってしまった。鳴家達は、師の文机《ふづくえ》の上で悪戯《いたずら》をしているし、猫又は部屋内でぐうぐうと寝ている。貧乏神まで時々顔を出し、寛朝と碁を打ってゆく始末であった。

「妖退治で名を馳《は》せる広徳寺が、こんな事でいいのでしょうか」

「秋英、あんた気の小せえ弟子だねえ。そんなだと、先々我ら妖とのつきあいに困るよ」

「猫又が坊主《ぼうず》に、説教するのか」

二股《ふたまた》の尻尾《しっぽ》を摑《つか》もうとしたら、逃げられた。猫又を追いかけ回しているところに、使いの小僧がきたものだから、秋英は慌てて居住まいを正し用件を聞く。すると大滝屋から、本当に客人が来たらしい。

「やれやれ、早いことだ」

寛朝が覚悟を決め、部屋へと客を招いた所、顔を見せた者を見て、秋英は目を見張る。今回広徳寺に来たのは、お千ではなく、怪我人の安右衛門と、付き添ってきた梅造であったのだ。

「なんと、怪我をされたと聞きましたが、もう大丈夫なのですか？」

安右衛門の頭には、晒《さら》しが巻き付けてある。顔色も青いので、秋英が慌てて座布団《ざぶとん》を勧めると、梅造が深々と頭を下げた。

出来る番頭と噂の梅造は、三十一、話は巧みでゆったりと落ち着いている。荒っぽい武家奉公人の相手も軽くこなすそうで、年の近い安右衛門と並ぶと、どちらが店の主か分からない、などと言われている。

梅造は主の横で、突然広徳寺へ来た訳を語り始めた。

「寛朝様、実は主のこの怪我は、夜道で人に襲われたせいでして……お、その話をご存じでしたか」

ついては広徳寺に、お願いしたい事があると言い、梅造は懐紙の上に金子を載せて差し出す。山吹色の小判が十枚程もあったから、寛朝はにこやかに頷いた。

「これはこれは。おかみは安右衛門さんのことを、心配なさっているのだろうな。早く元気になられるよう、この寛朝、気を入れて祈らせて頂く」

「いえ、その……勿論《もちろん》主の怪我、早く治って欲しいのですが」

梅造が、言いにくそうに言葉を濁し、ちらりと安右衛門を見る。

「その、急なお願いではございますが……こちらの寺でしばし、主を養生させて頂けないでしょうか」

「は？」

寛朝と秋英が、目を見合わせる。

「先程の十両、祈祷代《きとうだい》にしては高額であったが……もしや宿賃代わりなのか？　まあ、剣呑な妖絡《がら》みの事だからと言えば、安右衛門さん一人くらい、当寺へ、おいで頂く事はできようが」

だがここで寛朝は、片眉だけくいとあげ、安右衛門を見る。当人は承知なのかと問えば、小さく頷いた。

「怪我はしましたが、手前はまだ死んではおりません。なのに医者も帰らぬ内に、親戚達が店へ押しかけてきましてね。うちの店の先々から、財産の事まで、店の奥で煩《うるさ》く話しております」

大滝屋夫婦そっちのけで、養子を取る話が出たと思ったら、安右衛門に妾《めかけ》をあてがってはと言い出す者もいる。互いの利を前面に出し、盛大ないがみ合いが起こっていた。とにかく隠す気も無いらしい大声が、大滝屋の奥では一日中聞こえるのだ。

「あれでは、ゆっくり横になっている事も出来ません」

安右衛門は、晒しを巻いた頭を小さく振って、こぼす。それで妻のお千も、広徳寺へ養生に行く話には賛成したらしい。寛朝が苦笑を浮かべた。

「やれやれですな。ではお千さんは、暫《しばら》く一人で寂しいでしょう」

「お千ですか。あれは今……」

安右衛門は一寸詰まると、更に声を小さくする。

「寛朝様、お千は大丈夫です。実は今、店を手伝っていまして、大忙し。寂しいどころではございません」

「は？　ご亭主の仕事の穴埋めを、お内儀《かみ》がしておいでなのか？」

「実はですね……そもそもお千とうちの親類達は、仲が良くありません」

今回も、見舞いに来た連中と顔を合わせた途端、言い合いになった。それはお千が、大層気が強いせいかもしれないし、一度やもめになり、子も無かった安右衛門に、若い嫁が来たことを、親戚達が喜ばなかった為かもしれない。

ともかく親戚達とお千、今回は何時《いつ》にも増して剣呑な様子となり、挟まれて安右衛門は困り果てた。

「それで、一計を案じました」

お千を親戚達から離す為、店表《たなおもて》へ出してみる事にしたのだ。丁度頼まれていた、渡り中間の世話をする仕事が忙しかった。怪我をしている己の代理をお千に頼んでみたのだと、安右衛門は言う。

すると。

「お千は思いの外、口入屋の仕事を気に入った様子で」

気が強いから、荒っぽい中間達を相手にしても、言い負ける事がない。その上、おなごらしく細かい事にも目が届いた。初めての仕事であったが、それなりに上手《うま》くさばくと、お千は毎日店表へ出るようになったのだ。

ここで梅造が頷く。

「旦那《だんな》様が怪我をなすった事は、客人方も承知しておいでです。だから皆様、おかみさんが店で指図するのを見ても、こんな場合だからと思うのか、大して驚きもしません」

さすがに親戚達も、よく分からぬ店の仕事へは口を出せないようで、お千が働いている間だけは、店が静まっていると梅造が言う。寛朝は笑い出し、安右衛門に問うた。

「そりゃ結構な成り行きだが……おかみが口入屋稼業を楽しんでいるとなると、先が気になるのぉ。さっさとご亭主の怪我が治ったら、おかみに嫌がられないか？」

「ははは、そうかもしれませんなぁ。ではゆっくり養生致します」

安右衛門は怒りもせずに笑うと、しばしご厄介になりますと言い、頭を下げる。秋英は少しばかり心配になって、戸惑った。

「その、おかみさんは、今まで仕事をやった事などないのですよね。あれこれ任せてしまって、本当に大丈夫ですか？」

「まあ、店にはこの梅造がいます。お千が少し口を出したくらいで、大騒ぎにはなりますまい。それに、仕事は楽しいばかりではないですから、じきに飽きもしましょう」

どんなに興味がある事でも、商売となれば、金が絡むのだ。思うに任せぬことも出てくる。

「まあ、お千が不満を抱えた頃合いに、帰ります」

安右衛門は、ぼそぼそと言った。何しろ仕事ですからねえと続けると、寛朝が「ふふ」と笑う。

（そんな……ものなのかしら）

梅造から、安右衛門の身の回りのものを預かった秋英は、何となく、もやもやとした思いを抱えることとなった。

4

直歳寮の一室で、金平糖が転がった。

菓子はしばしころころと、板間の上を進んでいくが、部屋の中程にたどり着く前に、突然僅かに浮かび上がる。そして瞬《まばた》きもしない内に、さっと消えてしまった。

「おお、まただ」

安右衛門がその摩訶《まか》不思議を見て、目を見開いているのを知り、客人の昼餉を運んできた秋英が顔を引きつらせた。秋英の目の端には、影の内へと逃げてゆく小鬼が、二匹ばかり映っている。

「あの、安右衛門さん、その、ですね」

膳を抱えたまま立ち尽くし、言葉に詰まっていると、安右衛門が顔を向けてきて、分かっていますからと、小さく頷いた。

「ここは江戸でも名の聞こえた妖退治の寺、広徳寺です。諸方から怪しい品々が集まって来るでしょうし、不思議とも妖とも縁が深いのでございましょう」

ならば寺の部屋内で、金平糖が消える事もあろうと、安右衛門は一人、そう納得しているのだ。

「なに、余所で要らぬ事を話す気は、ございません。御武家相手の商人は、口が堅くなければ、やっていけぬものでございますから」

この広徳寺にも、あちこちの大名家の使者が、日を置かず数多《あまた》きている。話せぬ事も耳にするでしょうなと言われ、秋英は頭を下げた。

「これは……ありがとうございます」

秋英は感謝と共に膳を置く。安右衛門は二日ほど前に床をあげたが、まだ晒しは巻いていた。

客人の部屋へ運び込んだ達磨《だるま》柄《がら》の火鉢には、小振りな鉄瓶が置かれている。秋英がその湯で茶を淹れていると、質素な寺の食事に不満も言わず、安右衛門は昼餉を食べはじめる。そして今日は珍しくも、小声で秋英へ話しかけてきた。

「寛朝様は薬にもお詳しいようで、毎日怪我を診て下さり、随分良くなりました。店にいて医者に掛かるよりも、こちらでお世話になれて良かった」

昨今は結構金子を取る医者でも、見立ての怪しい事があるのだ。秋英は笑って、寛朝が使っているのは、薬種《やくしゅ》問屋長崎屋から安く分けて貰った薬なのだと説明した。

「長崎屋さんの若だんなが、時々この寺へみえるんです。あそこの薬は効きます」

「おお、通町《とおりちょう》の廻船《かいせん》問屋兼薬種問屋、大店《おおだな》ですね。若だんなですか。あの店の跡取りならば、恵まれたお生まれだ」

己も店の息子に生まれはしたが、兄がいた故、暫く外へ奉公に出されていたと、安右衛門は話し出す。跡取りとなり生家へ戻ったのは、もう大人になってからの事であった。

「兄が急死し、義姉《あね》には幼い女の子しかいませんでした。父がまだ健在で、兄は当主になっていなかったので、弟の私が後を継ぐという話になりました」

兄の子が男の子で、もう少し大きかったら、話は違っていたのだろう。

「世の中、男か女か、何時産まれたかで、立場も一生も変わってしまうもののようです」

ただ跡を取ったはいいが、安右衛門はどう考えても、口入屋稼業に向いていていない。

調子よく話も出来なければ、算盤《そろばん》が立つという訳でもない。偉丈夫でもないし、奉公人が慕う主だとは、己でも思えなかった。

「いや、そのように卑下されずとも……」

「はは、大丈夫。私にも少しばかりは、良き所がありますから」

安右衛門はゆっくり汁を飲むと、己の事を、物事がよく見えるたちなのだと語った。いつでも冷静に、己や回りのことを見る事が、出来るのだそうだ。

「いや大した力ではありません。ですが、この性分には大分、助けられておりましてな」

例えば己や奉公人の能力をきちんと測れるから、早くに今の番頭を見いだし、仕事をかなり任せている。

「私が何もかも仕切るより、余程上手くいっております」

口入屋という稼業故、紹介する側、される側の事を良く摑み、適した相手を送り込めるのは、強みであった。

「ですから大成功とはいえずとも、店はこれまで、それなりに繁盛《はんじょう》してまいりました。父も母も身罷《みまか》り、落ち着いた日々が来たと、思っておりましたが……」

「が？」

急に話が途切れたので、秋英が客人の顔を見る。驚いた事に、いつも穏やかな安右衛門が、大根の煮物を手にしたまま、眉間に深い皺を寄せていた。

「心が乱れているのは、この怪我故なのです」

勿論夜道で襲われたのは、恐ろしい事であった。だが命までは取られなかったし、こうして怪我も良くなって来ている。安右衛門は、不幸中の幸いであったと思っていたのだ。

しかし。

「養生中は暇ですので、あれこれ考える時が多くございます。すると今回襲われた件のことも、随分と見えてきまして」

おかしいんですよ、と言われ、秋英は首を傾げた。

「何が、ですか？」

「どうも、金目当てで殴られたとは、思えなくなってきたんです」

「それはまた、どうして」

話に驚き、座り込んでしまった秋英に、安右衛門が言葉を続ける。店の用で出て遅くなり、夜盗と出くわしたのは、寝待月が出る前の刻限であった。

「その時私は、突然襲われたんです。近づいて来る明かりなど見なかった」

背後から、いきなり殴られたのだ。

「ええと、夜盗ならば、提灯など持っては来ないだろうと思われますが」

秋英が戸惑う声を出すと、安右衛門が僅かに笑う。

「あのですね、襲われた場所は神田川沿いの坂でした。月明かりが無かったうえに、雲も幾らか出ていた。僅かな星明かりの下、提灯を低く持ち足下を照らして、ゆっくり進んでいたんです」

そんな場所で襲われ、怪我をした安右衛門は、提灯を崖下《がけした》へ落としてしまった。驚いた供の者も己の火を消してしまい、辺りは一時、真っ暗になったのだ。

「だが私を襲った賊は、あの場から直ぐに逃げる事が出来たのです」

右手は神田川側の崖、反対側には、寺の塀が続いている場所であった。坂を下るか、反対側へ駆け上がるかしかないが、足音は聞こえてこなかったのだ。

「本当に暗い中、賊はどうやって逃げたんでしょうね？」

「えっ……」

安右衛門達は、人の気配が消えてから供の提灯に火を点《つ》け直し、それを頼りに近くの木戸番へ逃げ込んだのだ。

「賊は、近寄って来た時と同じように、音もなく、闇《やみ》にも困らず、あの場から逃げおおせたんです」

あの夜の暗さを、身を以《もっ》て知っている安右衛門からすれば、賊はまるで妖のように思えてしまうという。

「それで……もしかしたらと、ここ何日か考えこんでいるんです」

これでは本当に、己は妖に憑かれているのではないかと、言い出す者すら出てきそうだと、安右衛門達が苦笑を浮かべる。いや、突飛な事と思われていたお千の考えは、案外当たっているのではないか。

「秋英様は、どう思われますか？」

「どうと言われましても」

問われて秋英は戸惑った。妖を目にする事は出来るが、彼らの理《ことわり》は、人とは違うものだと思っている。夜道で賊と化すなど、妖がやる事とも思えなかった。

秋英の目がさっと、隅からこちらを見ている鳴家達の方へと向く。金平糖の欠片《かけら》を手にした何匹かが、慌てて首を横に振った。

5

「秋英、小鬼どもがまた悪さをしたぞ。私の朝餉に……粥坐《しゅくざ》に手を出したのだ。随分と食べられてしまった」

　朝の食事が終わり、広徳寺にて一日の仕事が始まった刻限、文机の前に座った寛朝が、筆を手に情け無い声を出す。茶を運んで来た秋英は、師へきっぱりと言い切った。

「日頃菓子などおやりになるから、寛朝様の食べ物を貰うのが、癖になっているんですよ」

　秋英は、筆架で遊んでいる鳴家を、ちょいとつまんで除《よ》けてから、茶を師の前に置く。するとそこへ、小走りの足音が近づいてきた。直ぐに障子の外から声を掛けてきたのは小僧で、延真からの使いだという。寛朝に、部屋まで急ぎおいで願えないかというのだ。

「このような早くから、何事か？」

　秋英が確かめると、寺へ大滝屋のおかみが来ているらしい。

「これは早い刻限のお出ましですね。お千さんは、一体いつ店を出られたのでしょう」

　大滝屋は日本橋の北にあるから、おなごの足では上野まで随分とかかる筈であった。駕籠《かご》を使ったのなら、結構金子を払った筈で、今日は気合いの入った訪問という事になる。寛朝は、両の眉尻を下げた。

「参ったのぉ。安右衛門さんには妖《あやかし》など憑いていないから、退治出来てないぞ。ああ、きっと今日も、お千さんに嫌みを言われるな」

寛朝ときたら、そう言いつつゆっくり茶を飲んで、なかなか立たない。

「寛朝様、逃げても大滝屋のお千さんは、帰って下さらないですよ」

真っ当な弟子の言葉を聞き、高名な師は少々拗《す》ねた。

「ああ、もう一人くらい、弟子を取っておくべきであった。もっと師に優しい小僧が、いたやもしれん」

するとつい……秋英の口から、余分な一言が漏れ出てしまった。

「ならば、やんわりと上方言葉を話す京の僧でも、側に置かれたらよろしいのでは」

「京？」

茶を持った寛朝の手が、寸の間止まる。しばし驚いた顔をしていたが、じきに口の端を上げると、もの凄く人の悪そうな笑みを浮かべた。

「京、とな」

ふふふと笑い、寛朝は茶を置いた。それからさっと部屋を出て、延真の所へ向かう。付き従った秋英は、しばし師の顔を真っ直ぐにみられなかった。

（私は馬鹿な事を言った）

師は秋英に、京からの文を見せてはいない。あちらの寺からの誘い自体、弟子の己が知っているべき事ではないのだ。寛朝は広徳寺の住持にも延真にも、まだ何も語ってはいなかった。

（ああ、情けない。私は……余程京の事が、気になっているのだ）

いっそ、居もしない妖の退治法でも考えた方が、余程ましであるのに、それが出来ない。秋英がこっそり息を吐いていると、堂宇の廊下の先に、落ち着かない素振りで立つ、延真の姿が見えてきた。

寛朝が現れると、向かいに座った延真が、足を運んで貰《もら》った礼を口にする。部屋内にも何人かがおり、皆、一斉に頭を下げた。

何日かぶりに顔を見せたお千は、急に随分と、大人しい印象になっていた。その後ろにいたのは番頭の梅造で、今日は厳しい表情を浮かべている。驚いた事に、座には大滝屋の親戚だという男まで一緒に居た。

お千の横には、安右衛門が座っていたが、その表情は硬かった。

「おやお千さん、久しいの。仕事の方は順調か」

寛朝は上座へ座ると、まずは当たり障りのない挨拶《あいさつ》を口にした。すると、何故かお千はさっと顔を赤くする。

「お千さん？」

この時、後ろに座っていた梅造が、思い切り顔を顰め、口を開きかけた。だが、それを止め話を始めたのは、安右衛門であった。

「寛朝様に一寸、聞いていただきたい事がございまして」

脇《わき》に控えていた秋英は、安右衛門が妻より先に話し始めた事に驚き、目を見開いた。

「その、これからお話しする件は、例のおなご妖の事ではございません」

実はお千が、大滝屋の仕事で、ちょいとしくじりをしてしまったのだと、安右衛門は言葉を継ぐ。その事について話し合う為《ため》、安右衛門は今日、お千を寺へ呼んだのだ。

「しくじり？」

するとここで梅造が、横から話に割って入った。大事になったのだというその声には、怒りが混じっていた。

「そうなんです、寛朝様。おかみさんは大滝屋で、仕事を始めておられました。はい、段々と口入屋のやり方に慣れ、最近は一つの手配を終えるのが、早くなっておいででした」

　今は丁度仕事が面白くなる頃で、しかも、おかみのお千には皆が遠慮する。お千は厳しい事を言われる事無く、口入屋稼業を楽しんでいたのだ。

「おかみさんは以前から、旦那様の仕事を見ておいでだったそうで。そのせいか確かに、適した所に人を送るのが、お上手でございました」

　何度か大過なく仕事をこなすと、お千は自信を持った。それで段々梅造に相談する事無く、人を手配するようになったのだ。

　しかしその事が今回、思わぬ程大きな騒ぎに繋《つな》がってしまったと言い、梅造は大きく口元をひん曲げる。

「おかみさんはご存じなかったようですが、中間達の中には、犬猿の仲、口もきかぬ間柄の者達が、いるんでございます」

　お千はその犬と猿に当たる者達を、あろうことか、ある大名家の同じ仕事へ、振り分けてしまったのだ。それに気づいた梅造が、慌《あわ》てて大名の屋敷へ駆けつけると、送り込まれた二人は既に大喧嘩《おおげんか》をしており……屋敷に置いてあった大事な品を、壊してしまった後であった。

「二人の中間達は、今、大滝屋の蔵に押し込めてあります。ですが、あいつらでは、責任など取りきれないでしょう」

「あの梅造、中間達は何も壊してはいないと、そう言ってたんですが……」

「でもおかみさん、実際私が行った時には、壊れておりました！」

梅造がお千に、きつい目を向ける。そもそもおかみは安右衛門から、諸事番頭の梅造へ相談するよう言われていた筈《はず》だ。なのに、始めて十日も経《た》たぬうちに、仕事で勝手をしたお千がいけないのだ。

「……済みません」

壊れたのは花入れで、高価な品であった。おまけに弁償するだけでは、済まないような品だった。

「花入れは進物の品で、特別に蘭《らん》の花を描き入れてありました。それを壊された大名家の御用人は、困り果てておいでです」

大滝屋は、ひっくり返らんばかりの大騒ぎとなり、親戚連中が店へ駆けつけてきていた。

今日、この場へ来たのはその内の一人で、喜久屋と名乗り頭を下げる。

「手前は先代の孫の、伯父にあたります。ただ今親戚一同が、店の存続のため、急ぎ話し合いを持っております」

とにかく大名家へ弁済せねばなるまいから、大滝屋に金がいかほどあるか、確認しようという話になった。どんな時でも、金は力となるからだ。

それから、この不始末の責任を、誰が取るのかという話も出た。大滝屋の暖簾《のれん》に傷がついた。下手をしたら、店をたたまねばならぬという話に、なりかねない。親戚一同は怒っており、その怒りの目は……お千を見ているのだ。

喜久屋の言葉は段々きつくなり、お千の目には涙が浮かんでくる。

「おかみさんは、男の仕事に口を挟んだんです。まずは主と共に、謝って頂きましょうか」

つまり大名家からの叱責《しっせき》は、今後お千が受けろと喜久屋は言う。

「いや、いっそおかみには、尼になって貰った方が良かろう。何しろお大名相手に、しくじりをしたのだから」

とにかく、一段落ついたらお千は、大滝屋から出て行くべきだ。店の今後の事は、親戚が良いようにはからって決めてゆく。

「安右衛門さんもそのように、承知しておいて下さい」

喜久屋はお千を、上から見下ろすようにして、きっぱりと言った。お千は声も無く、着物の膝《ひざ》を握りしめていた。

6

その時、静かな声が部屋の内でした。

「これは喜久屋さん、随分と口入屋の事に、口を挟んでおくれだね」

落ち着いた喋《しゃべ》りを聞いて、秋英はふと、うたた寝から覚めた心地で声の方を見た。大滝屋の主《あるじ》安右衛門は、いつものように優しく落ち着いた様子で、興奮した親戚を見つめている。

「おや……安右衛門さん、そういえばいらしたんでしたね」

「親戚方が、うちのことを心配して下さるのは、有り難い話です。ですが大滝屋の主は、この安右衛門でして」

あれこれ勝手に決めてはいけませんなと、安右衛門はやんわりと言う。その言葉を聞き、喜久屋が蟀谷《こめかみ》に青筋を浮かべた。

「怪我をして養生中の安右衛門さんには、今回の騒ぎが理解出来ておられぬのでしょう。ですが、本当に一大事なのですよ。それが分かっておらぬ……」

静かな言葉が、喜久屋のまくし立てる声を止める。

「私が承知しているのは、今回の騒ぎに乗じて、大滝屋の内蔵にある金櫃《かねびつ》を、勝手に開けようとした者がいたということでして」

主しか開けてはならない金櫃を、親戚連中が開けようとしたものだから、驚いた手代から、広徳寺の安右衛門へ知らせが入っていた。

「金櫃は、開けられなかったでしょう？　私だけしか、鍵《かぎ》を持ってはおりません」

日々の出し入れに必要な金子《きんす》の他は、内蔵の奥に据え付け、動かせないようにしてある金櫃に納まっている。

「梅造にも鍵は渡してません。斧《おの》でも使って金櫃を壊さないと、中身を取り出せない。だが、さすがに主も居ない店で、そんなことは出来なかったんでしょうな」

喜久屋は鍵を手に入れたかったのだろう。それで安右衛門がお千を、広徳寺へ呼んだと聞き、一緒にやってきたと思われる。

しかし。

「鍵はお渡しできませんよ。何故《なぜ》かって？　そりゃあ、喜久屋さんは喜久屋さん。親戚ですが、大滝屋ではありませんからね」

いきなり人の店の金蔵に、手を突っ込んでは駄目ですなと言われ、喜久屋は顔を赤くする。そして目に怒りをたたえると、安右衛門を睨んだ。

「私が大滝屋の事を心配しちゃ、おかしいですかね。私の妹は、亡《な》くなった安右衛門さんの兄の、妻だった女ですよ。あなたにとっちゃ、たった一人の姪御《めいご》の伯父じゃないですか」

その姪が、大滝屋の跡を取っても良かったのだ。そうなっていたら、いや、これからそうなる事とて大いにあり得るから、大滝屋の金櫃は姪のものではないか。

「その後姪が、私に相談する事はあり得ましょう。だから……」

「そうですか、大滝屋は姪のもんだと思っているから、私が嫌いなのですか?」

ここで久々に、お千が口を開いた。

「は? 大しくじりをしておいて、嫌われたもないもんだ。あんたは皆に迷惑をかけたんだぞ」

「あたしに子が出来たら、喜久屋さんの姪っ子が跡を取れなくなる。だから嫁に来た時から、嫌がらせばかりされました」

皆の思惑は直《す》ぐに分かったから、お千は安右衛門に、しっかりして欲しかった。喜久屋達親戚をはね返せるくらい、いや人並み程でいいから、御店の主という気概を示して貰いたかったのだ。

安右衛門は優しいから、そこが心地よくて、お千は嫁いできた。しかし怒らず強く出もしない男は、周りから軽んじられる。お千を守ってはくれないのだ。すると安右衛門が、眉尻《まゆじり》を下げた。

「おやお千、私をそんな風に思っておいでだったのかい」

「お前さんの気性は生まれつきだろうから、しょうがないですよね」

お千はそういう安右衛門のことを、良い亭主だと思っているのだ。側に居ると、ほっと落ち着く。舅《しゅうと》も姑《しゅうとめ》も見送ったから、この後は子が欲しい。そう考えていた。でも親戚達が、安右衛門が優しいのに、つけ込もうとしているような気がして、お千は落ち着かなかった。

「それで最初、安右衛門にしっかりするよう、頼んではみたんです」

しかし、なかなか変わるものではない。お千が口やかましく言うようになっても、変わらない。その内お千は、酷《ひど》く心細くなってきた。だから亭主に無理をさせると思ったが、おなご妖が憑《つ》いているなどといって、寛朝にがっちり説教でもして貰おうと考えたのだ。

「おやおや、あれはそういう話だったのか」

寛朝は妙に感心して、面白いやりようだ、などとつぶやいている。

だがその試みも、上手くはいかなかった。そうこうしている内に、安右衛門が怪我をしてしまった。寝付いた途端、親戚達はここぞとばかりに、店へ押しかけてきた。

「亡くなった兄さんの子、姪御さんは、もう随分大きくなったそうで。だからいつでも婿《むこ》を迎えて、大滝屋の跡を取れるとか！」

そんな話を枕元《まくらもと》でされては、安右衛門をゆっくり寝かせる事すら出来ない。仕方なく亭主を、広徳寺へ養生に出した。この後は、己がしっかりして店を守らなければと、お千は必死になったのだ。

なのに。

「あたしは亭主の足を、引っ張ってしまった」

こうなったらもう、お千は店には居られない。優しい亭主との、ほっとする毎日は、あっという間に消えてしまったのだ。

「なんでこんな事になったんだろう……」

お千の目から、一粒だけ涙がこぼれて落ちる。それを見た寛朝が、不思議と落ち着き払った安右衛門へ問うた。

「今回の件は、金では解決出来ぬ事か？」

世間がいかほど小判を珍重するか、寛朝はよくわきまえている。だが安右衛門は、あっさり首を振った。先に当人が語っていた通り、物事を冷静に見るたちらしい。若い女房が泣き出したにもかかわらず、何とも静かなたたずまいであった。

「金櫃の事を知らせてくれた手代に、きちんと確かめさせました。それによると、壊れた花入れは、大名家から、さる筋への進物であったらしいのです」

花入れは、贈る相手方の名にちなんだ品なので、換えは利《き》かないという。大名家も、大滝屋へ責任を問うより先に、これからどうするか、今慌てている最中であった。

「そうなのです、金子でどうなるものではありません」

横から口を出したのは梅造で、後日きっと責めが大滝屋へ来ると言って、顔を顰《しか》めている。

「やはりおかみさんには、尼にでもなって頂かなくては」

「おいおい」

寛朝が諌《いさ》めたが、お千の顔は更に下を向く。安右衛門は、妻が責められているこの時も、変わらぬ表情であった。

ところが。

ここで安右衛門は急に、寛朝へ少々お願いしたき事があると言い出した。

「ご迷惑をおかけしたその大名家ですが、播磨《はりま》の多々良木《たたらぎ》藩なのです」

「ほお、多々良木藩か。当寺の檀家《だんか》だな」

「はい、そのようにお聞きした事がございます」

ちと、話が逸《そ》れますがと言ってから、安右衛門は語り出す。

大名は参勤交代で江戸へ来て暮らすし、正室も江戸にいるから、この地で産まれ育った藩主は多い。よって親や歴代藩主、生母の命日、月命日、年忌法要など、江戸で弔いをする事も多々あった。しかも徳川の世になって既に二百年程、どの藩でも亡くなった歴代藩主らの数は増え、その命日も随分な日数にのぼっていると聞く。

「ここしばらく広徳寺で暮らしまして、各藩より、本当に沢山の御使者がおいでになるものだと、驚いておりました」

勿論、まず大概は大名の名代であり、本人は来ない。それでも名代というからには、各藩、それなりの身分の者が来るだろう事は、推察出来た。

「寛朝様、多々良木藩の御使者を、この大滝屋に紹介頂けませんか？」

「おや、身分高き者に縋《すが》って、事をもみ消して貰う気か？」

寛朝が興味津々《しんしん》の顔で聞く。大滝屋は、先々大名家関係の仕事が難しくなる故《ゆえ》、そんな事はやらぬと、やんわり言った。

「ですが壊れた物は、進物だとか。そもそも進物というのは、こういう品なら、どなたかがお気に召すであろうと推察し、贈るものでございます」

ならば贈る先の相手さえ気に入れば、他の品でも、大丈夫な筈であった。多分今回も、上役が決めた品が壊れたので、配下の武士が、他ではまかりならぬと騒いでいるのだ。

「代わりの品はこちらで用意し、お詫《わ》びの金子も十分包みます。多々良木藩で、そういう話が出来るだけのご身分の方と、お会い出来ましたら幸いかと」

言ってはなんだが、多々良木藩は大藩では無い。手元不如意《ふにょい》の事も多かろうから、金銭的に却《かえ》って潤《うるお》えば、怒るばかりではないだろうと、安右衛門は思うのだ。

「この大滝屋、壊れた品以上に喜ばれるものを、きっと用意してみせます」

言い切った安右衛門に対し、寛朝はにやにやと笑いつつ問う。

「品物を贈る相手は、大名である多々良木藩が、機嫌を取り結びたい程の、権力ある者だぞ。その望みが、安右衛門さんには分かるのかな？」

すると大滝屋の返答は、驚くべきものであった。

「私は存じません。でもこちらにおいでの延真様なら、お知りになれる立場だと思います」

いきなり話を振られた延真が、吃驚《びっくり》した顔で寸の間黙り込む。すると安右衛門は、延真が良く会う各藩の使者の内には、大名家内の噂話《うわさばなし》に強い御仁が、いる筈だと言った。

「延真様、そんなお方から、多々良木藩がどなたに贈り物をするのか、何が本当にふさわしいのか、聞き出して下さいませんか？」

「これは……思いも掛けぬ願い事だな」

「勿論、後日広徳寺へは大滝屋より、心よりのお礼をさせて頂きたいと」

延真が口の端を上げた。それからすいと立ち上がると、今日はどなたがおいでだったかなとつぶやき、部屋から出て行く。

「延真様から、購《あがな》うべき品を教えて頂きましたら、寛朝様には、長崎屋さんをご紹介願います。廻船問屋の大店でしたら、珍《めずら》かな品も疾《と》く手に入ると思われます」

「長崎屋まで使う気か。こりゃ参ったわ」

破顔一笑、寛朝は大きな笑い声を上げる。

「面白いやり方だ。面白い」

そう言うと寛朝は、安右衛門の顔を見つめた。

「いやいやいや、大滝屋さんが、以前と違う御仁のように見えてきたわ。のう、秋英」

妻の尻に敷かれているかと思えば、相手が大名家でもたじろがない。興味深いと言われ、安右衛門は小さく肩を揺すった。

「大滝屋は、お大名やお武家相手に商いをしております。今回のような騒ぎは、まれに、あることでございまして」

高価な品のある屋敷内へ人を紹介したり、身分高き人の側で働く者を、送り込むのだ。仕事とはいえ回数が増えれば、いつかは粗相も起きる。

「それは、お武家様と仕事をさせて頂く口入屋が、覚悟しておくべき事でございます。ですが、不始末が一回あったからといって、店が潰《つぶ》れてはたまりません」

一々、大げさに騒ぎ立てないで欲しいと安右衛門が言い、喜久屋は呆然《ぼうぜん》としている。

「まあ稼業《かぎょう》の違うお人には、分からない事でございましょう」

つまり、いくら過去の事を持ち出そうが、喜久屋の妹も姪も、既に口入屋とは縁の切れている者なのだ。

「手前の店では、こうした不測の出来事に備え、少々別に蓄えを置いてございます」

安右衛門が小さい声で続けると、寛朝が顔に皺《しわ》を寄せ、また笑った。そこへ延真が戻ってくる。口やかましいだけに見えていた僧は、あっと言う間に必要な事を掴んだ様子で、安右衛門と寛朝に何事かを話した。

(何と……延真様には、こんな面もおありだったのか)

これが、一部ではあっても、広徳寺という広大な寺の運営を担《にな》っている、僧というものなのだろうか。寛朝が延真に頷《うなず》き、直ぐに長崎屋へ使いが送られた。呆然とする秋英の目の前で、手は次々と打たれてゆく。

(長崎屋であれば、何であれ、上手く品物を手に入れてくれるに違いない)

燃え上がる火事のごとき大騒ぎは、今や小火《ぼや》と化している。多分、じきに静まってゆくのだろうと思われた。

(驚いた……!)

秋英は、お千や梅造、喜久屋と共に、安右衛門の手並みを声もなく見つめ続けた。じきに寛朝達三人が頷いたので、今日、やるべき事は終わったと分かった。

それから安右衛門は、喜久屋に静かな眼差《まなざ》しを向け、小声ではっきりと言った。

「人の妻に、尼になれなどと、二度と言わないで下さいまし」

お千が、今日広徳寺に来てから初めて、にこりと笑った。

7

話し合いから五日程後の八つ過ぎ、多々良木藩からの使者が、広徳寺へやってきた。

するとその折りに、安右衛門は使者へ目通りを願うと、改めて多々良木藩に詫び、金子を渡したのだ。

その場へ茶を供した秋英が驚いた事に、既に弁済の品は藩へ届けられていたらしい。進物を贈った相手が、代わりの品を随分と気に入ったとかで、使者の機嫌は良かった。寺奥での会見は和やかに終わり、大滝屋へ苦情が来ることは、もう無いと思われた。

使者が姿を消すと、共に寺へ来て、横の間で控えていたお千、梅造も、大きく息を吐く。寛朝や延真も部屋へ顔を出し、大滝屋の者達をねぎらうと、座がなごんだ。

「いや、無事に事が済んで、大賀の至り」

寛朝が、長崎屋が届けてくれたという菓子を出し、一息つくよう皆を誘った。ふんわり柔らかい加須底羅《カスティラ》は、なかなか口に出来ぬ品であった。

「ところで延真様、多々良木藩へは、どういう品を贈るべきだと言われたのですか？」

しばし歓談した後、秋英は興味を抑えられず問う。すると延真は、得意げに語り出した。

「大滝屋は、割れた花瓶に、蘭の花の模様があったと言っておった筈だ」

延真が、丁度寺へ来ていた、ある藩の留守居役にそのことを告げると、多々良木藩が進物を渡す先は、奥御右筆《おくごゆうひつ》だと返答があった。

「今の奥御右筆の内、お一方の御母堂に、お蘭様と申される方がおられるそうな。じき還暦とのことだ。その祝いの品だったのだよ」

それを知った安右衛門は、蘭の花が付いた還暦祝いの品を、長崎屋へ頼んだ。

「安右衛門さん、長崎屋さんは何を選んだのです？」

「それが、青いギヤマンの花入れでございました。小さな蘭の花が彫ってありまして、美しい上に大層珍しく、喜ばれたとか」

よく、そんなぴったりの品があったものだと、長崎屋に代金を支払った折り、安右衛門は驚きを口にしたらしい。すると長崎屋の佐助《さすけ》という手代が、からくりを教えてくれた。

「店にあったのは、青一色のギヤマンの花入れであったとか。長崎屋さんが職人に頼み込み、一夜の内に、花の模様をギヤマンに足して貰ったのだそうでございます」

「そういう手があったか。ギヤマンであれば、焼き物の絵付けとは作り方が違う。細工は後から削り入れるものだ」

成る程、上手くやったと言って、寛朝は頷いている。

これにて安右衛門も養生を終え、店へ帰る事になった。それ故最後だからと、大滝屋の三人も、夕餉《ゆうげ》の薬石を僧達と共にする。今回の騒動の事で、話に花が咲いた。皆が広徳寺から辞した頃には、すっかり日が暮れてしまっていた。

「寺の門を出ましたら、幾らも行かぬ先に、駕籠屋がございます。そちらで駕籠を頼めますから」

広い堂宇の端まで秋英に送ってもらい、三人は提灯《ちょうちん》に火を入れると、境内へ出た。一万二千坪と言われる、広徳寺の敷地は広い。夜空の下には既に僧の姿も無く、いささか物寂しかった。

「やれ、三人一緒で良かったよ」

人のいない寺社の地を歩くのは、何やら心細いと安右衛門が小声で言い、お千が頷く。じき、大きな門が目に入ってきたが、黒々と影の塊に見えるばかりで、脇の潜《くぐ》り戸が何処《どこ》にあるか分かりにくかった。

安右衛門が提灯を掲げ、戸を探していると、その時後ろで梅造が静かに動いた。提灯の火を吹き消し、そっと地面に置く。それから足音を立てぬよう主夫婦の背後に迫ると、いつの間にやら手にしていた棒を構える。振りかざした。

途端。

「ひゃっ」と時ならぬ声を上げたのは、梅造の方であった。押さえつけられたあげく、地面から身を引きはがす事が出来ないでいる。

梅造を提灯の明かりで照らしたのは、先に別れた筈の秋英だ。背後から、寛朝の声がする。延真も来ていた。

「寛朝様、おっしゃった通り、とんでもない事をする者がおりましたね」

ここで、梅造を押さえていた長崎屋の手代、佐助が顔を上げ、この後どうしますかと寛朝に聞いてくる。梅造を見つつ、寛朝は眉間《みけん》に深い皺を寄せていた。

「どうして主を襲った？　先に怪我《けが》を負わせたのも、ぬしであろうが」

寛朝は、梅造と喜久屋、それに喜久屋の妹が雇った者の内、誰かが大滝屋を襲ったものと、そうあたりを付けていた。大人しい大滝屋を狙《ねら》うのであれば、恨み事ではなく、財産がらみだと思われたからだ。

「答えは梅造、お前さんと出た」

もう一度襲って、なにがしかの利を得ようとするなら、今回の件で親戚達《しんせき》が落ち着かないでいる、早い内がいい。

「夜の寺の境内は、人気が無いからな。大滝屋夫婦を襲おうとする者がいるなら、狙いたい場所であろうよ」

今日大滝屋夫婦が広徳寺へ来て、騒ぎを終わらせる事は、親戚達にも伝えてあった。

わざと薬石を出し、帰る刻限を、誰かが狙うのに都合の良い夜にしてもらった。

寛朝はそうやって、安右衛門が襲われた件の方も、今日にて始末を付ける気でいたのだ。長崎屋の若だんなに頼み、今回ギヤマンの花入れを調達した佐助に、広徳寺へ来て貰っていた。加須底羅は、若だんなが佐助に持たせてくれた土産なのだ。

「この御仁は、桁外《けたはず》れに強いからな」

さて、思うとおりに捕まえたはいいが、安右衛門は呆然と、大滝屋の優秀な番頭を見下ろし、声を失っている。時には有ることと、腹をくっていた大名家の一件よりも、番頭の裏切りは堪《こた》えているようであった。

「それにしても、どうして主を襲わなきゃいけないんです?」

何時《いつ》までも押さえているのに飽きたのか、佐助が問うが、答えがない。

「答えぬのなら、このような輩《やから》は、簀《す》巻《ま》きにして隅田川へでも捨てましょう」

男の土左衛門《どざえもん》など、舟に引き上げる者もいないから、海にまで流れていくだけだと、佐助は言い捨てる。それでも梅造が黙っていると、佐助が梅造の首根っこを摑《つか》み片手で持ち上げたものだから、喚《わめ》き出す。

「店の客人達は皆、私の方が主に見えると、そう言ったのだっ」

安右衛門が最初の妻を失った後、梅造を跡取りにするのではないかと、そんな噂も流れた。梅造も期待した。店にとってはそれが一番良いと、そう思えた。

梅造の足先が、地面に着く。しかし話は止まらなかった。

「でも……新しいおかみが来た」

仲人《なこうど》が、持参金の分け前を欲しがったからに違いない。しかし、二人にはまだ子がいない。そして亡くなった安右衛門の兄の娘は、年頃になってきていた。

「今度は私がその姪の婿に収まり、大滝屋を継ぐのではないかと、そう聞いてくる身内が増えてきた」

こちらの話は、存外直ぐ成る気がした。

「何しろ主は、口入屋にゃ向いてないから」

安右衛門は頼りない。何か店に心配事が起きたら、その話を持ち出す親戚がいるに違いなかった。

だから、主に怪我を負わせてみた。商売の帰り、いつも通る道は分かっていたから、真っ暗でも何とか動けた。襲った後は、近くの物陰で、暫《しばら》くじっと隠れていたのだ。

「簡単だった。だからやった。殺しもしなかった。そうだろう？」

安右衛門が養生に出ると、案の定、梅造が跡取りになればいいという話が出た。都合良く中間《ちゅうげん》が花入れを壊したので、一気に事は成り、主は隠居するだろうと思った。

「都合良く？　花入れは、お前さんが喧嘩の仲裁に駆けつけた時、咄嗟《とっさ》に騒動を起こそうと決め、壊したんだろうが」

寛朝がそう言って、口をへの字にする。中間達は何も壊していないと、お千に言っていたのだ。梅造は寸の間黙り込み、提灯の明かりがその顔に、怖いような陰を作る。梅造は今でも、反省などしていないようであった。

「私が大滝屋の主になればいいのにと、皆が言う。なのにどうして、悪し様《あざま》に言われるんだ？」

梅造を、さっさと跡取りに据えなかった、安右衛門がいけないのだ。己の方がきっと、大滝屋を繁盛させる事が出来るのに。なのに何時までも、頼りない主を支えねばならないのは、業腹《ごうはら》だ。だから……だから……。

ここで佐助の冷たい声が、夜の中に響いた。

「お前さんには花入れの件を、綺麗《きれい》に終わらせる力は、無かったじゃないか」

お千を追い出したら、後は金を使って事を終わらせる気でいたようだと、佐助は聞いていたのだ。

「あ、あれは……勿論《もちろん》わざと、放っておいたんだっ」

すると佐助が、嘘《うそ》つきはやはり川へ捨てましょうと、また梅造を持ち上げる。この時安右衛門が、喚きだした男を放してくれるよう、佐助に頼んだ。

「そこまで実力があると言うなら、己で一から店を起こせばいい。だがもうお前を、大滝屋で使う訳にはいかないよ」

何時襲ってくるか分からない奉公人がいては、お千が心配するからという。すると梅造は、安右衛門を睨《にら》んだ。

「あんたより、俺の方が上なんだ。皆が言う。俺もそう思う」

「ならばそれを示しなさい。誰も止めやしないから」

寛朝の言葉は寛容なようでいて、酷く厳しくもあった。梅造はこれから、己が本当に店の主にふさわしい男なのか、いや、そもそも店をもてる器量があるのか、周りに結果を見せねばならない。

だが力を貸してくれる者を、己から切り捨てたからには、明日からの毎日は、困難なものになりそうであった。

佐助が不意に手を放すと、梅造が寺門の潜り戸へ向かって走り出す。直ぐに夜の中へ消え、後は闇に切り取られたかのように、姿を見た者がいなかった。

親分のおかみさん

1

「ふええん」

小さな泣き声を聞いた気がして、おさきは長屋の部屋で目を覚ました。

「あ……今、何時《なんどき》かな」

布団《ふとん》に寝たまま天井を見ると、「きゅい、きゅい」と、家が軋《きし》む音がする。遠くから、子供らが騒ぐ声も聞えてきた。

(長屋の勝坊やおみっちゃんが、手習いから帰ってる。昼は過ぎてるなぁ)

目をちょいと部屋の上がり端《はな》へ向けると、小さな盆の上に、竹皮包みが置いてあった。

(ああ、あれ、昼餉《ひるげ》だ)

　おさきは、寝たり起きたりの繰り返しで、また三日前に具合を悪くした。そのまま寝ついている女房の昼餉にと、亭主の清七《せいしち》がいつものように、用意してくれたに違いない。

　清七は、日限《ひぎり》の親分と言われる岡っ引きだ。だから仕事の合間に、ちょいと長屋へ寄って、おさきの様子を確かめる事が出来た。

　だが同心の旦那《だんな》が忙しくなると、清七もなかなか家に戻れなくなる。こういうとき、寝付いているおさきは、何となく寂しさを持て余してしまうのだ。

（うちの人はお勤めで忙しい。長屋のお鯉《こい》さんもお松さんも、あれこれ働いてるし）

　だからこの家に、皆がそう来られないのは、仕方ない事なのだ。だがぽつんと一人、布団の上に横たわっていると、戸の向こうにある世間が遠い。時々、まるで長屋の井戸の底にでもいるような、そんな心持ちになっていた。

（あ、赤ちゃんの声。また、ぐずってるのね）

　勿論《もちろん》赤子じゃなくとも、急に具合が悪くなった時は、大きな声を出せば、近所の皆が飛んできてくれるだろう。しかし。

（何だろ、どうしてこんなに寂しいんだろ）

　飲み続けている薬が効いてきたのか、最近おさきは、調子の良い日が多くなっていた。今回も、寝付いて三日で大分調子が良くなった。だから寝ているのが辛《つら》いなら、起きて、少しでも家の細々したことをすればいいと思う。

しかし……おさきは立ち上がる気力を、どうにも掻《か》き集められないでいる。そしてそれが、己でも情けなかった。

(あんまり長い間、寝てばかりだったから、かな)

用をするのが、嫌なのではない。多分、怖いのだ。さあ具合が良くなった。ならば人並みに、あれこれしなさいと言われるのが、怖い。

(何て言えばいいんだろ。皆と同じように色々な事が出来るかどうか、分からないから)

世間からみたら、実はおさきなどとっくに、役立たずの用なしに、なっているのではないか。起き上がって、一人前の顔をして外に出た途端、何かとんでもない間抜けをするかもしれないと、怖さが先に立つ。それでおさきはどうにもしゃんと、出来ないでいるのだ。

(長屋の差配さんも、お松さんも、大丈夫、何とかなるもんだって言うけど)

そう思う端から、不安が湧《わ》き出てくる。いつもこうであった。

すると、その時。

「ひ、ひゅやぁあ、あぁ」

先程から聞こえていた赤子の声が、一段と大きくなって、また屋根が軋む。

（腹でも空《す》かせているのかな。それとも、襁褓《むつき》が濡《ぬ》れたんだろうか）

赤子のいないおさきには、それ位しか思いつかない。だがとにかく赤子は、構って欲しいと泣いてくる。

（おっかさんは、どうしたんかな。あ、そういえば、どこの赤ちゃんだろ？）

今長屋に、赤子がいたかなと考え、おさきは首を傾《かし》げる。まあ、誰かが赤子連れで、訪ねて来ているのかもしれないし、裏手の長屋で新しく一人、生まれたという事もあるだろう。しかし。

「ふやあああぁんっ」

赤子が大声を張り上げた途端、おさきは目を見開いた。その泣き声が、余りにも近くから聞こえたからだ。

まるで……これではまるで。

腕に力を入れ、おさきは布団から、ゆっくり体を起こした。亭主の古い羽織を肩にかけ立ち上がると、表に出てみようと土間へ足を向ける。しかしおさきは、長屋の一間の端で立ちすくんでしまった。

「あれ、まあっ」

それきり言葉に詰まり、何も考えられなくなって座り込む。

おさきと清七、二人が暮らす狭い長屋の土間で、籠《かご》に入れられた赤子が、力一杯泣き、顔を赤くしていた。


おさきの住まいは、江戸は通町《とおりちょう》の大通りから少し奥へ入った先、日限地蔵から程近い長屋にあった。

おさきが亭主の清七と連れ添って、かなり経《た》つが、子はいない。寝たり起きたりの繰り返しが長いので、おさきはまるで長崎屋の若だんなのようだと、清七が時々笑う。

岡っ引きは、同心の旦那からは大して金子《きんす》を貰《もら》えないものと、相場が決まっていた。よって岡っ引きの女房は、小店《こだな》をやったり、達者な縫い物で稼いだりと、実入りの少ない亭主を支えている事が多い。おさきの病のせいで、そういう収入が期待できない清七は、本当であれば随分と暮らしに困ったかもしれなかった。

しかし運の良いことに、清七の縄張りには、江戸でも繁華な通町が含まれており、多くの大店があった。よって日頃、挨拶《あいさつ》と共に袂《たもと》へ入れて貰える金子も、余所《よそ》よりはぐっと多いのだ。

おまけに、よく顔を出す廻船《かいせん》問屋兼薬種《やくしゅ》問屋長崎屋は、金子のおひねりに、おさきの薬を添えてくれる。その上時々は、甘い土産まで持たせてくれるから、一層助かっていた。そういう気前の良い店が幾つかあるおかげで、清七は威張り散らし、周囲から金を巻き上げなくても、何とかやっていた。

「本当に、ありがたい……」

おさきは日頃から、そう繰り返す。すると確かに幸運だと、気楽な亭主が明るく言う。

近所の者達は、清七の捕り物の腕を褒めはしなかったが、その人柄は好いてくれた。岡っ引きだから当たり前と、細かい頼み事をしても嫌がらないし、貰い物の菓子など気前よく長屋の者に分ける、気の良い男であった。

おかげで寝付くことの多いおさきは、周りに住むおかみさん達に、よく目を配って貰えていた。だから今まで、おさき一人で寝ていても、困ることは無かったのだ。

だが。

「ありゃ、まあ……赤ちゃん！」

「誰の赤子かい？　へえ、捨て子？」

おさきが、赤子を井戸端へ連れ出すと、長屋にいた者達が集まって来た。昼日中、赤子が土間に捨てられていたと聞き、皆が顔を見合わせる。飛んできた長屋の差配熊《くま》兵衛《べえ》は、大きく首をかしげた。

「どこに捨てられてたのかい。えっ、親分の家の中だって？」

皆で赤子の顔を確かめたが、知る者はいない。

「この子、生まれて、どれくらいかしら」

向かいに住むお松に問うと、四月くらいかねという。三つになる子がいるせいか、お松は赤子をあやすのも手慣れたものだが、しかしもう乳は出ない。それで先程、差配の女房が近所の長屋へ、貰い乳《ぢ》をさせてくれる母親がいないか、聞きに行った。

お松と、隣の魚屋の女房お鯉は、赤子を調べつつ顔を顰《しか》める。

「あら、男の子だ。名を書いた札なんかは……持っちゃいないか」

「赤子を産んだものの、育てるお足が無くなって、親が捨てたってところかね」

「ねえお鯉さん、それにしちゃ、いい着物が籠に入ってるけど」

二人の言葉を聞きつつ、おさきは足下へ目を落とした。捨て子は、たまに聞く話だ。だが、一つ分からない事があった。

(何で赤子を、あたしと亭主の家の内に、置いてったんだろうか)

清七は岡っ引きだ。だから、赤子を頼もうとしたのかもしれない。だが赤子を捨てるのに、長屋の戸口ではなく、わざわざ家の中へ入れるという話は、聞いた事がなかった。

(捨て子は、拾われた町内で面倒見るもんと、決まってる。誰が拾っても、おんなじだ)

長屋に捨て子があった時は、まずは差配へ知らせる決まりであった。すると差配が手配して、親を探す事になる。しかし見つからないと、次は赤子の養い親を探すのだ。

(幼い子が、病なんかで亡《な》くなる事は多いから。貰い先は結構見つかるって聞くわね)

しかし、万一養い親が決まらない時は、町で十くらいまで養って、後は奉公先を探す話になる。そういうものであった。

(なのになんで、赤子を捨てた人は、籠をわざわざ家の中へ入れたんかしら)

ふっと小さな不安が、おさきの胸を過《よ》ぎる。だがこの時、また泣き声がして、おさきは顔を赤子へ向けた。

「お腹《なか》が空いているのかねえ」

夜は重湯を食べさせるにしても、あのふやふやした手は、乳を欲しがる小ささであった。

「困った、どうしよう」

心配はするものの、おさきはお松に頼み、抱かせてもらおうとはしない。何しろおさきには子がいないから、慣れていないこと甚だしいのだ。落としたら、大変という気持ちが先に立って、怖くて手を出せない。

（あ、あ、情けない）

その時、木戸の方で声がしたので、目を向けると、差配のおかみさんが小柄な女を連れ、戻ってきた所であった。おなみと名乗ったおなごは、豆腐屋の女房なのだそうで、ひょいと捨て子を抱き上げると、乳を含ませる。赤子は必死に吸い付いた。

「ああ、お腹が空いてたんだねえ」

皆がほっとした顔になり、お松とお鯉が家へ、古い襁褓を探しにゆく。差配は集まっていた他の者へ、あれこれと問い始めた。

おさきは、赤子を見つけた時のことを、まず話そうとした。しかし差配は、寝ていて、赤子に気がつかなかったおさきではなく、他の者へ顔を向ける。

「親分のおかみさんが寝てる間に、土間に赤子を入れた籠が、置いてあったってぇ話だ。連れてきたもんを、見た人はいないかい？」

だが妙な事に誰も、赤子を捨てに来た者など、目にしていなかったのだ。それを聞いた差配は、唇を尖《とが》らせる。

「親分が朝出かけた後に、見つかったんだよ。籠に入った赤子は、結構な大きさだ。長屋のもんが一人も見てないなんて、妙だねえ」

「差配さん、昼餉時に来たんじゃないですか。皆、子や亭主の昼の用意をするから。井戸端から人が引いた時に、露地へ入ったとか」

古い襁褓を手にしたお松が、そう口にすると、皆が頷《うなず》いている。長屋の露地は細い。入り口の木戸は、日中は開いているが、商売で寄る者以外は、知らない者が来ることなど滅多に無かった。しかし、一日中見張っている者が居るわけではない。

赤子が乳を飲み終わって寝てしまうと、おなみが差配へ赤子を返した。

「差配さん、この赤ん坊がどこから来たにしろ、捨て子は捨て子。まずは今晩どこで世話するか、決めた方がいいと思いますけどね」

もし万が一、実の親が心を入れ替え頭を下げてきたら、赤子を返せばいいのだ。差配が大きく頷いた。

「そりゃそうだな。最初に拾ったからって、寝込んでる親分のおかみさんに、任せる訳にもいかんし」

おさきが一番に世話役から外されると、他のおなご達が井戸端で差配と話し、おなみに目を向ける。しかし、首を横に振った。

「あたしは、自分の子を亡くしたばかり。正直、今は他の子を預かるのが、その……」

だが、赤子には乳が必要だったから、なかなか預け先が決まらない。その内、やはりおなみが子を預かる事になってしまい、おさきは思わず眉尻《まゆじり》を下げる。

（おなみさん、辛くないかしら）

おさきは、ふとそう思ってしまったが、母ではない己では、言葉を挟みにくい。

「なるだけ早く、貰い先を見つけるから」

差配が、宥《なだ》めるようにおなみへ言い、赤子を託す。そして、どこに捨て子が置かれていたのか、一応おなみにも説明をした。

するとおなみが、おさきへ目を向けてきたのだ。

「あの、何か」

聞いておきたい事でもあるのかと、おさきが首を傾げたところ、おなみは何かを言いよどむ。するとおなみの袖《そで》を、横からお松がくいと引っ張り、話を止めたのだ。

（えっ？　何だろう）

おさきが、意味が分からず立ちすくんでいると、その間に赤子を連れたおなみは、長屋から消えていく。

木戸が、軋んだ。

2

（ああ、あたしったら、惚《ぼ》けてる）

拾いっ子騒動が一段落したので、長屋の皆は井戸端から離れ、おさきも家へ戻った。すると土間で一人になった途端、先程おなみが何を言いかけたのか、分かった気がしてきたのだ。

（おなみさんは……あの赤子が、うちの人の子じゃないかって思ったんだ）

子を土間に捨てるというのは、やはり妙な話であった。しかも家の主は、岡っ引きなのだ。その住まいへ入り込み、捨て子をした者がいた。何か特別な訳でもあったのかと、疑いたくもなるだろう。

「まさか」

おさきは、そう声に出してみた。清七はずっと、おさきを大切にしてくれている。おさきが、亭主の世話を十分出来なくても、稼げなくても、不満を言って、おさきを怖がらせたりしない。本当に、いい亭主なのだ。

一つ首を振った後、土間からあがろうとして、おさきは盆に置かれた竹皮に気づいた。赤子の事に気を取られ、まだ昼餉を済ましていなかったのだ。

(ちゃんと食べておかないと、あの人が心配するから)

食べて、薬も飲んで、いつものようにしていよう。そうすれば、何も怖いことなど無いはずだ。

(赤ん坊は、長屋から出て行った。うちの人が帰ってきたら、おや、そんな事があったのかと言って、それでこの話は終わりになる)

おさきは盆を引き寄せると、竹皮の包みに手を伸ばす。途端。

「あれ、ま」

思わず声を上げ、包みを取り落としてしまった。竹皮は指の先から離れて、ゆっくりと畳の上へ落ちてゆく。見るまでもなく、何も入っていなかった。

おさきは呆然《ぼうぜん》と、ぺろりと広がった竹の皮を見つめてしまった。

「うちの人ったら、中身をどこかへ忘れてきたんかしら」

言った端から、そんなはずもないと思う。竹皮の包みは、持てば直《す》ぐに空だと分かる軽さであった。落としたにせよ、買い忘れたにせよ、盆に置くとき、その事に気がつかない訳がないのだ。

(じゃあ、なんで……)

口に出したつもりが、言葉にならない。首を振っても、嫌な考えが浮かんできてしまう。つまり清七は、盆に置くとき中身が空と気づいたが、そのままにしたのではないか。

(あたしが寝込むたんびに、昼餉の心配をしなきゃならない。それが嫌になったんかな)

これはその事に、いい加減気づいてくれという、亭主からの無言の合図なのか。

(あの人があたしの、ご飯の心配をするようになったのは……いつからだったっけ)

すぐには思い出せなかった。だがそれは、三日とか一月とかいう話ではなく、亭主が草臥《くたび》れてもおかしくはない長さだと、分かっていた。

「どうしよう……」

思わず泣きそうになって、一人泣いても情けないばかりだと、涙を必死に止めた。でも総身が重くなり、柱へ背をもたせかけると、安普請《やすぶしん》の長屋が「きしきし」と音を立てる。

すると更に怖い考えが、止めても止まらず、頭に浮かんできた。

（もしかしたら）

今回現れたあの赤ん坊と、空の竹皮包みは、関係があるのだろうか。清七はあの赤子を、知っているのではないか。本当は清七がてて親で、産まれちまった赤子の母親と揉《も》めていて、あわてたのかもしれない。そうかもしれない。

「あの人に、凄《すご》く好きな女がいたら……どうしよう」

清七はその女と、あの赤ん坊と三人で、暮らしたいのだろうか。いや、亭主の考えは違っても、女がそれを望んで、わざわざ赤子をおさきの目の前まで運んで来た、ということもあり得る。事を起こし騒ぎ立て、清七が赤子から逃げだせなくなるようにしたいのだ。

（どうしよう。どうしよう。ど、どうしたら）

頭の中が、真っ白になった気がした。辛くて恐《こわ》くて、身を丸くし、そのましばし、己を抱きしめるように丸くなる。そうしていると、随分と楽であった。

しかし。どれくらい経っただろうか。おさきは一つ息を吐くと、首を横に振ったのだ。

「違う、違う。うちの人は、そんな男じゃない」

世話をかけるだけで、相棒にならない女房を、ずっと守ってくれたのだ。その男を信じられないのでは、余りに情けない気がする。竹皮が空っぽだったのは……たまたま忘れただけなのだろう。いや、大きな鼠《ねずみ》が食べたのかもしれない。

「そうに違いないわ」

おさきは必死に独り言を言うと、両の手を握りしめた。こんなこと一つで、こうも思い煩《わずら》うのは、良い事ではない。こんな風だから、いると決まった訳でも無い女を作り出し、その事で悩んでしまうのだ。

「だ、駄目だ。これじゃ……」

とにかくまず、昼餉の事だけは己で何とかしたいと思いついた。

「自分で作るか、表へ行って何か買わなきゃ」

捨て子の赤子なら、泣いていれば誰かが、乳の出る者のところへ連れて行ってくれる。しかしおさきは大人で、しかも最近は、病も少しは良くなってきているのだ。

「怖いよう。でも怖いばかりじゃ、本当にあの人から、見捨てられちまう」

そう言えば稲荷寿司《いなりずし》や蕎麦《そば》、煮豆売りなどの振り売りが、入れ替わり立ち替わり、長屋へ来ているではないか。彼らに頼んで、昼前に声を掛けて貰うのも、良いかもしれない。

「うん、それがいい。それなら、あたしでも毎日買えるわ」

寸の間、少しは気持ちがしゃきりとする。しかし、直ぐにおさきは両の眉尻を下げた。

「おなか空いた」

昼餉を食べていないのだから、当たり前だ。ならば今思いついたように、振り売りから買えば良い筈《はず》だが……そうそう都合よくいたりはしない。昼を食べる事も、昼前に長屋へ寄ってくれるよう、頼むことも出来ない。

「あ、堂々巡りだ」

おさきの気持ちはまた、長屋の畳にめり込む程、落ち込んでゆく。やはり自分は駄目だと動けなくなり、仕方なく薬だけを水で飲み、暫《しばら》くそのまま座っていた。

すると。胃の腑《ふ》がぐうぅと鳴ったのだ。

「ありゃあ……みっともない」

随分長く半病人をやっているが、こういう音を聞いた覚えが無かった。おさきが戸惑っていると、また、ぐーと鳴る。その内、笑い出してしまった。

「参ったぁ」

もしかしたら、おさきの気持ちより胃の腑の方が、先に良くなってきているのかもしれない。長崎屋の薬は、本当によく効くのだ。

おさきは何とか土間へ降りると、表へ顔を出した。豆腐でもいい、雪花菜《きらず》の寿司でもいい。何か近くで買えぬかと思ったからだ。

するとと井戸端に女達がいたが、驚いた事にその顔が、揃《そろ》って一方を向いていた。おさきも同じ方へ目を向けると、長屋の出入り口、木戸の辺りに、見目の良い若い男が立っていた。

3

（あれま、涼やかなお人だ。でも、長崎屋の手代さん程じゃないね）

薬を作ってもらう為《ため》に、おさきは一度、おなごが騒ぐと評判の、長崎屋の仁吉《にきち》という手代に会った事がある。目の前の若い男はぐっとくる面だが、あの仁吉と比べると、引きつけられる力は半分にもならない気がした。

（やだ、比べるもんじゃないのに）

清七が一番と思いつつ、おさきも井戸端へゆく。するとそこで、漂ってきたいい匂《にお》いを嗅《か》ぎ、ぱっと笑みを浮かべた。

「ああそうだ。木戸番小屋で、焼き芋を買う手があった」

町にある大きな木戸には、木戸番小屋があって、そこで駄菓子や糊《のり》、鼻紙など、荒物を売っている。ついでに焼き芋も商っていたから、近くでは良い匂いがするのだ。

「そう、お芋なら安いし」

しかし木戸へ行くには、露地の端を塞《ふさ》いでいる若い男に、ちょいと、脇《わき》へ寄って貰わなくてはならない。だが男は、道を塞いでいる事など、とんと考えつかないようで、早々に話し始めてしまった。

「捨て子があったと聞きましたが、こちらの長屋でしょうか。赤子は、ここにいますか」

長屋のかみさん達が、顔を見合わせた。直ぐにお松が、一歩前へ出る。

「お前さん、いい男だけど、ものの尋ね方を知らないね。まずは先に、己の名くらい言うもんさ」

見目良き男でも、子を捨てた当人ではないかと疑われると、母親達の応対は厳しかった。

「もしあんたが捨て子をしたんなら、町役人に話をしなきゃならないよ。分かってるかい?」

するとと男は慌《あわ》てて、足袋屋の手代で、市松と名乗った。

「実はその……探しております赤子は、己の子ではございません。ええ、そうです。そのぉ、主《あるじ》が世話をしていたおなごが、産んだはずの子でして」

はずの、と言ったのは、子のいないおかみが、怖いことをしたからだ。主が余所で赤子を作ったことに腹を立て、勝手に人をやると、世話していた家から、身重のおなごを追い出してしまったのだ。おかげで、産み月も過ぎたと思われるのに、おなごと赤子がどうしているのか、行方が知れない。

「主はずっと、探しておりまして」

もしかしたらおなごは、赤子を育てきれなくなって、捨てたかもしれない。拾い子の噂《うわさ》を聞いたら、身元を確かめておくよう、主は市松に言いつけていた。

「あらま、そいつはご苦労様なことで」

自分の子でもないのに、頭を下げ行方を探さねばならないわけで、とんだ貧乏くじのお役目だと、おかみたちは苦笑を浮かべる。

だがとにかく赤子の父親が分かれば、ありがたい話であった。

「赤子は乳の出る人に、預けてあるんですよ」

「では、これから訪ねて行って、確かめます。旦那様に似ていたら、手前どもの店へ、一旦《いったん》連れて帰りましょう」

主は店をあけられないし、その方が早く確かめられると、市松は言い出した。

ところが。ここで差配が、長屋の出入り口に現れた。そして市松に、子を連れて行くのはちょいと待てと、そう言ったのだ。

「あれ差配さん、この市松というお人は、子のてて親の使いだって、言ってますよ」

「はい、お松さん。聞こえてましたよ」

しかし差配は、良い顔をしていない。

「市松さんや。お前さんは主の子をお探しとか。でも捨て子に会ったとして、探している子かどうか、見分ける方法はあるのかい？」

主の子は妾《めかけ》の腹にいるうちに、行方が分からなくなったと言った。だから足袋屋は、赤子の顔を見ても、己の子かどうか分かる訳もない。名もまだ、決まっていなかったようだ。子が女か男かさえ、足袋屋の主は知らない筈なのだ。

「そんな調子なのに、どうやって主の子かどうか、確かめるのかね」

するとと市松は、ちょいと困った表情を浮かべる。

「もしかしたら産んだ母親が、書き付けなど添えて、子を捨てているかもしれません。旦那様や母親に、似ているかも」

「書き付けなど無かったわ」

ここでお松が、口を出す。

「他人のそら似ということも、あるわね」

お鯉も一言挟んだ。それに赤子の顔など、はっきりしないものであった。育つと、大いに見た目が変わる子も多い。

「市松さん、あたしは、この長屋の差配だ。役目柄、拾った赤ん坊を適当に、人に渡したりは出来ないんですよ」

差配に言われ、市松は焦《あせ》った様子であった。

「あの、親が分かるかも知れないのに、子に会うことも出来ないんですか？」

「お前さん、主の足袋屋には、他に子がいないんだよね？」

つまり妾の子が見つかった場合、その子は足袋屋の身代《しんだい》をそっくり、受け継ぐ立場となるのだ。

「ならばおかみさんは、余程はっきりした証《あかし》が無ければ、ご亭主の子だと認めないだろう。そうだね？」

つまりあの捨て子を、証の無いまま足袋屋へ連れて行っても、関わりのない子だと言われ、下手をしたらまた、おかみが放り出すかもしれないのだ。そんな相手に渡したと、上役の町役人に知れたら、差配は面倒に巻き込まれかねない。

くれないか」
「親の喧嘩《けんか》に赤子が振り回されないよう、会う前に、きちんと親子の証を持って来て

するとて手代は、見るからに不機嫌となる。

「とにかく、捨て子を主に会わせてみなければ、始まらないじゃありませんか」
互いに引かないので、話が進まない。それを見たおさきは、段々と腹が立ってきた。

(出入り口を塞いだまま、いつまでも)

おさきは空腹であった。今日はあれこれあって疲れてもいる。このままでは、らちがあかないとみて、おさきは手代達の前に進み出たのだ。

「ちょいと、市松さんとやら。とにかく、あんたは父親じゃないんだ。あれこれ言ったって、どうにもなりゃしないよ」

父親である足袋屋が、あの捨て子を我が子と思うなら、明日一緒においでと、おさきがきっぱり言う。すると驚いたのは市松よりも、長屋のおかみ達であった。

「あらまあ、親分のおかみさん。今日はまた、元気だねえ」
「いや、頼もしいくらいだよ」
「親分のおかみさんは、よしとくれな。あたしは、おさきですよ」
「ああ、ごめんよぅ、おかみさん」

そして、おさきの言い方は気持ちが良いとか、やはりあの赤子は、お店の跡継ぎなのかとか、長屋の露地はかしましい女の声で、一気に盛り上がる。

とにかくおかみ達は、手代を赤子の所へ、連れて行こうとしなくなった。市松は息を吐き、口をへの字にしている。

「仕方ありません。一度戻り、主とどうするか相談いたします」

「きちんと、おかみさんとも話しあうんだよ」

差配が念を押す。市松は渋々といった格好で、やっと木戸の前から退いた。

(ああ、これで芋を買いに行ける)

きっと今日なら、今なら、昼餉を自分で手に出来ると、おさきは思う。芋が買えたら、随分嬉《うれ》しいに違いなかった。

ところが。ここで長屋のおかみたちが、近寄ってきて、またおさきの足を止める。捨て子が足袋屋の跡取りかどうか皆で話し、大いに盛り上がりたい様子であった。

「ねえ、足袋屋の話、ちょいと妙じゃなかったかい？　捨て子は、そう珍しいもんじゃない。なのに足袋屋は、何でこの長屋の赤ん坊が、己の子だと思ったんだろう」

わざわざ手代を長屋に寄こしたのだから、何か思い当たる事があったのか。

「捨て子は、名を書いた書き付けひとつ、身につけてなかったけどねえ」

それを確かめているお鯉は、訝《いぶか》しんでいる。するとここで、おさきが小さな声で言った。

「あたし、あの手代さん、嫌いだわ」

「あらぁ、いい男だったよぉ」

長屋のおかみたちが、きゃあと声を上げ、確かに役者と似ていたと言い始める。だがおさきは、厳しい表情のままであった。

「あの人、赤子の様子を一度も聞かなかった」

捨てられていたのだ。まだ、大層小さいのだ。なのに無事だったのか、病になってはいないか、気にしていなかった。

「己の子じゃないからかな？　でも、奉公しているお店の跡取りなら、もう少し気を使ってもいいのに」

「確かにそうだな。人違いかもしれん」

まあ、明日にでも主と来れば、もう少し事情が分かると言い、差配が家に戻ってゆく。おさきは芋を買おうと、差配と一緒に歩き出した。

ここでお鯉が、洗濯の用意を始めながら、はっきりと言う。

「私はあの赤子、足袋屋の子じゃないと思う」

赤子は身元が分かるようなものは、持っていなかった。しかしちょいと目を引く、かなり良い着物が、籠の中に入れてあったのだ。

「あの手代さん、その話をしなかったからね。知らなかったんだろ。家を追い出された妾に、買える品じゃない。本当の親は、他にいるんだろうよ」

その言葉に、おさきも頷く。

「きっと他にいるね」

すると、そう話した途端、木戸の側《そば》で、おさきの腹がまたぐうと鳴ったのだ。

4

本当に久々に、おさきは木戸番小屋で焼き芋を買った。

木戸から出て、何とか近くの木戸番へ顔を出すと、番太郎の老人が、久々に会えて嬉しいと言ってくれる。

「いつも世話になってばかりだから、皆にも買っていこう」

多めに求めると、芋は熱くて、思わず取り落としそうになる。だが袂で包むようにして、おさきは何とか落とさず、長屋へ運んでいった。

井戸端に戻って皆に勧めると、長屋のおかみたちは気軽に食べてくれて、甘いといって喜んだ。安くてほこほこして、あったかい。ちゃんと昼餉を買って食べられたことが、おさきは無性に嬉しかった。

「焼き芋、好きだ」

笑うと皆が頷き、お鯉が言う。

「それにしてもおかみさん、前より大分顔色がいいねえ」

「そ、そうかな」

鏡を見ると、決まってそこに、半病人が映っていたものだから、おさきは己の顔を見ることが、余り好きでは無い。だから今、顔色がどうなのかよく分からないけど、何とはなしに嬉しくて、笑顔で芋にかぶりつく。

するとその時、長屋の木戸をくぐってきた者がいた。

「あ、うちの人だ」

おさきがちょいと目を見開いたのは、亭主の後ろから、女が歩いてきたからだ。地味だが、きちんとした身なりをしていた。

「あら親分さん、その人、どちらさん?」

お松が声をかけると、ひょいと顔を向けてきた清七が、一瞬黙ってしまった。芋を握ったおさきが露地にいるのを見て、驚いたのだ。

「どうしたんだ、表に出て。火事か？」

きょろきょろと辺りを見回し、火の気がないのを知ると、清七は一つ安堵《あんど》の息を吐く。その後、おさきの芋に首を傾げてから、連れてきた女を手招いた。

「このお人は、大通りの先にある炭問屋、新井屋の女中頭、お時さんだ」

新井屋は大きな問屋だそうで、長屋住まいの者には、とんと縁のない店だ。お時は、その店奥を仕切るにふさわしい、しっかり者に見えたが、どうにも表情が暗い。

「実は先に、新井屋は押し込み強盗に入られてな」

親分によると、新井屋はその少し前に、赤子を拾ったのだそうだ。親が反省し、その内引き取りに来るのではと主が言い、店で少しの間、赤子を預かる事にした。

ここでお時が、溜息《ためいき》をつく。

「その日の夕餉時、奉公人の一人が冗談のように、赤子は押し込み強盗の仲間かもしれないと、言い出しました」

実はその奉公人は、品川の知り合いから文で、剣呑《けんのん》な話を聞いたばかりであった。まず、お店の者が捨て子を拾う。すると夜、子を連れ戻しに来たと言って戸を開けさせ強盗を働くという、まるで芝居のようなことを、本当にしている奴《やつ》らがいるというのだ。

その賊が、繰り返し同じ事をしているのか、最近、その手の話が多いらしい。

「まあ、怖い。じゃあひょっとして、さっきの手代市松さんは、足袋屋の奉公人じゃなく、盗人《ぬすっと》の仲間だったりして」

「そんな……たまたま話が重なっただけよね」

おさきたちが、井戸端でざわざわと声を上げた。

強盗の話が出た時、新井屋の奉公人達は、まさかあの赤子がと言って、一応笑った。貸本屋が勧める読み物のような騒ぎに、お堅い新井屋が巻き込まれるなど、考えも付かないからだ。

だが皆、怖いとも思ったのだ。

それで次の日、町内で赤子を引き取るよう願ったが、もう一晩新井屋で頼むと、岡っ引きから言われてしまう。すると、だ。その晩に、店の戸を叩《たた》く者が現れた。

「済みません、赤子を拾ったという店は、こちらでしょうか」

若い男の声は、己の女房が子を捨て、別の男と、どこかへ消えてしまったのだという。赤子を探していた。ここの店にいると分かり、慌てて連れにきた。声は実直そうに語った。

「あたし達は、ちょいと待ってて貰い、赤子を奥の部屋から、店表にまで連れてきました。そうして、潜《くぐ》り戸を開けたんです」

途端。

「何人もの男が、押し込んできて」

押し込み強盗は、本当にいたのだ。

ところが悲鳴は、強盗の方もあげる事になった。押し込み強盗の噂に怯《おび》えた奉公人達は、一晩きり、岡っ引きと手下に泊まって貰っていた。その上自身番から、捕り物に使う指叉《さすまた》などを借り、戸を開ける時、皆でしっかりと身構えていた。

おかげで狭い潜り戸から、ばらばらに入って来た賊達は、順に打ち据えられてしまう。それでも賊は暴れたから、新井屋は暫く大騒ぎとなった。

そしてその折り、何人かの悪党が夜の中に逃れた。不幸な事に、お時が抱いていた赤子も奪い取られ、一緒に消えてしまったという。お時は下を向いた。

「あの夜、赤子を店表へ連れて行くんじゃ無かった。可哀想《かわいそう》なことをしたと思って」

赤子の頃から、押し込み強盗の中で育ったのでは、後々、ろくな者にはならないだろう。いや、ちゃんと育てて貰えるかさえ、怪しかった。

「押し込み強盗達が赤ん坊を持てあまし、いっそ捨ててくれないかと、あたし、そう願ってるんです」

どこかの町で拾われたら、養い親の元で、ごく並に暮らしていける。それがあの赤子にとって、一番の幸運のように思えるのだ。

「それで、だ。この長屋に捨て子があったと聞いて、お時さんは顔を確かめに来たんだよ」

もし、連れ去られた可哀想な赤子が、この長屋にいれば、お時はほっと出来る。その捨て子に会わせて欲しいと、お時は頼んできたのだ。

しかし。ここで長屋のおかみたちは、互いにちらちらと目を見合わせ、何だか落ち着かなくなってしまった。

「おや、お松さん、どうかしたかい？」

向かいに住むよしみで、清七は気楽に問う。だが問われても、お松は黙っている。何となく、皆の口が重くなった訳が分かって、おさきが亭主の方を向いた。

「お前さん、拾いっ子は今、赤子を亡くしたばかりのお人に、預けてあるんですけど」

その預け先は、商いをしている店なのだ。するとお松が、やっと口を開いた。

「結構、繁盛《はんじょう》してる所なんですよ。そりゃ、新井屋さんのような問屋じゃないし、大店という訳でもない。でもね」

小店なだけに、もし万が一……つまり、押し込み強盗になど狙《ねら》われたら、ひとたまりもない筈であった。

「おいおい、赤子はこの長屋に捨ててあったんだろう? 押し込み達が、その小店に目を付けたって訳じゃ、あるまいに」

清七は笑うが、赤子をその店に預けた方は、そうは気楽になれない。

「この赤ん坊が見張られてたら……」

すると、皆の言葉を聞いたお時が、眉根を寄せた。

「捨てられた赤ちゃんに、可哀想な事を言わないで下さいな。それじゃまるで、まだ言葉も喋《しゃべ》れないのに、あの子が押し込みの仲間のようじゃありませんか」

「あんた、こっちはそこまで、言っちゃいないもんを!」

お鯉が口調をきつくし、お時が見返す。ここで、言い合いを聞きつけた差配が、家から出て来て、清七と顔を見合わせた。

「やれやれ、また捨て子の事で、言い合いか」

差配は苦笑を浮かべると、お時は、赤子を見れば気が済むだろうから、会わせればいいと、今度は簡単に言った。

「ただし、預け先の店に行く必要は、無かろうさ。乳をくれているおなみさんに、長屋まで連れてきてもらえば、よかろうよ」

「ああ、そういう手があった」

皆も納得したので、清七がほっとした表情を浮かべ、預け先へ赤子を迎えに行く。おさきも長屋のおかみたちも、家に入りもせず、その場で赤子が来るのを待った。

そうしていると、程なく赤子を抱いたおなみが清七と連れだって、狭い長屋の露地へと入ってくる。清七は手に、捨てられた時、赤子が入っていた籠を提げていた。

「ああ、赤ちゃん」

お時が、思わずといった感じで、赤子の方へ一歩踏み出した。するとおなみが、抱いていた赤ん坊を、軽く揺すって持ち直す。

そして。そのままお時に押っつけたのだ。

「えっ……」

黙ったままのおなみから、いきなり赤ん坊を渡されたものだから、お時は寸の間、立ちすくんでしまった。

おまけに、おさき同様、お時にも子はいないのか、赤子を抱える手つきが、少し危なっかしい。周りの者達が思わず息を呑《の》むと、おなみは険しい表情を差配へ向けた。

「酷《ひど》いじゃないですか。親分から聞きました。この赤子、押し込み強盗と関わりがある子なんですって？」

おなみは下駄《げた》で、露地をちょいと蹴《け》る。

「そんな赤子、うちの店には置いとけません。梅丸屋は小さい豆腐屋だから、強盗に襲われても構わないって、そう言うんですか？」

「おいおい、おなみさん。誰もそんな事は、言っちゃいないだろうが」

清七が慌てて止めるが、おなみは真剣な顔だ。いや、何だか酷く興奮していた。

「子を亡くした時、産婆《さんば》さんは、もう赤子は望めないだろうって、あたしに言いました」

その上店まで無くしたら、生きていけない。おなみはそう言い出したのだ。

「あたしは十分、その子に乳をあげました。次は別の人から、貰って下さいな」

要するに、迷惑だからこれ以上、赤子は預かれないということであった。おさきは、放り出された赤子が可哀想だと思う一方、目を吊《つ》り上げているおなみにも、同情を寄せる。

（やっぱりまだ、赤ん坊を見るのが辛《つら》いんだ）

もう子は無理かもと言われているのでは、泣き声を聞く度に、心がきりきりと痛むのかもしれない。なのにおなみは乳が出るからと、赤子を押しつけられた。まだ己の子が亡くなって間がないのに、他の子に乳をやらねばならなかったのだ。

(大変だったろう)

だがこの時、新井屋のお時が怒った様子で、おなみに迫る。お時の同情は、寄る辺ない赤子に向けられていた。

「あんた、この女の子を預かったんでしょう。早々に放り出すの？」

「私を当てにしないで下さいな。私は……絶対また、自分の子を抱くんだから」

どこの誰かも分からない子に、亭主が苦労して守っている店を、譲る気は無い。押し込み強盗にもやらない。怖い顔のおなみがそう言い切ると、差配が眉を八の字にする。

「おなみさん、そんな風に思い詰めなくても。なに、その赤子をどうでも、引き取れと言っている訳じゃ無いんだ。だからもう少しの間、乳をあげてくれないかね」

とにかく赤子に、乳は必要なのだ。急に放り出されたら、哀れではないか。

しかし差配が柔らかく言っても、おなみは引かなかった。お時が思い切り不機嫌になって、おなみを睨《にら》み付け、今にも摑《つか》み合いの喧嘩が始まりそうになる。清七も差配も止めかね、長屋の露地が緊張に包まれた。

するとその時、おさきの呆然とした声がしたのだ。

「あのぉ、その子……押し込み強盗が連れて行った赤子じゃ、ないみたい」

「おさき、どうしてだい？」

清七が驚いた顔で問うと、おさきは亭主に、簡単な訳を告げる。

「だって、長屋で拾われた子は、男の子ですもん」

お時はさっき、賊が押し込みに利用していた子を、女の子だと言った。

「あら、まぁ」

女達が、そう言えばそうだったと慌てて赤子を調べる。そして男女の違いを目にすると……おなみとお時の肩から、何やら力が抜けていった。

5

長屋では、その後赤子をどうするかで、あれこれ揉めた。

おかげでどの家でも、夕餉《ゆうげ》の支度にかかるのが遅くなった。それで、ええい面倒だというので、お鯉とお松が、煮売屋から煮豆と漬け物を買ってきて、皆で分けた。夕餉の飯は朝炊《た》いた残りで、冷や飯か湯漬けで食べる。長屋だと、飯は朝まとめて炊くのが普通だから、炊きたてを食べられるのは朝だけなのだ。

「今日はどの家でも、このお菜《さい》だわねえ」

夕餉の時、おさきは亭主と二人、部屋で遅い膳《ぜん》を囲んだ。豆を見て少しおかしくなり、小さく笑う。

「全く、妙な具合だよ」

清七も、器用に豆をつまみつつ頷《うなず》いた。

だがその顔はおさきほど、気楽な感じではない。部屋の隅で籠《かご》に入った赤子が、すやすやと寝ていたからだ。

「今度はいつ、泣くかな」

何しろ、子育てなぞしたことがないから、先程急に泣かれた時は、夫婦して飛び上がったのだ。重湯の用意はしてあったが、余り飲まなかったので、襁褓《むつき》を替えてみる。

「お、おれがやろうさ」

清七はそう言ってくれたものの、やったことが無いのは互いに同じで、岡っ引きだからといって、襁褓を上手《うま》く替えられる訳では無い。結局おさきと二人、四苦八苦して替えると、じきに赤子は眠ってくれた。

「やれやれ。こりゃ大事《おおごと》だ」

先程おなみは、己が産んだ赤ん坊以外は、もう抱かないと言って、長屋から帰ってしまったのだ。

一方お時は、長屋の捨て子が人違いと分かると、他にも捨て子の話を聞いたからと、そちらへ向かった。

「京橋近くの長崎屋さん。あそこでも赤子が籠に入れられて、置いてあったと聞きました」

とにかく、おなごの言い争いは止《や》んだものの、赤子は長屋に残されたのだ。

「こりゃ、どうしたらいいものやら」

困ったのは差配で、余所《よそ》から女を連れてきて、せっかくの引き取り手を逃がしてしまった清七に、恨めしげな目を向けてくる。急ぎ他の母親から、もう一度貰《もら》い乳《ぢ》はしたものの、夜は重湯にしてくれと言われ、引き取っては貰えなかった。

「親分、重湯と襁褓の世話を、誰にしてもらったらいいんでしょうねえ」

うちの女房は歳《とし》で、もう赤子の世話は無理だと、一番に差配が断った。誰も子を預かると言い出さないでいると、その内、露地にいる者の目が、一っ所へ集まってくる。

清七は皆の視線を受け、呆然としていた。

「うちにゃ、病人のおさきがいる。赤子は預かれねえよ」

「おさきさんは、最近は顔色も良い。今日など、起きてるじゃないですか」

それにと、お松が言葉を継ぐ。

「あの赤子、親分と縁があるんですから、面倒、見て下さいよ」

「……縁？」

赤ん坊が、どこに捨てられたのか知らなかったらしく、清七が狼狽《うろた》える。そして、己の家の土間で見つかったと聞き、呆然としている内に、赤ん坊を押っつけられてしまったのだ。

「ありゃ、どうしたらいいのか……」

夫婦で溜息をついている間に、赤子が泣き出し、二人は必死に世話をやくことになった。おかげで夕餉は遅くなり、清七はようよう一息ついて、飯を湯漬けにしていた。ゆるゆるとそれを食いつつ、清七はおさきへ、困ったような顔を向けた。

「あの、な。どうして赤子の入った籠が、この家に現れたんだろうな」

何度考えても訳が分からないと、清七はこぼしている。

「何だか薄気味悪い話だ。自分が子を捨てるとしたら、わざわざ岡っ引きの家へ捨てたりしないよなぁ」

おさきは亭主の考えに頷くと、存外、簡単な訳があるかも知れないと言ってみる。

そして、自分も一つ、分からない事があると口にした。実はと言い、今日の昼、おさきが芋を囓《かじ》っていた訳を、亭主に教えたのだ。

「お前さんが盆に置いてくれた竹皮の包み。あれ、何も入っちゃいなかったんですよ」

だから木戸番小屋で芋を買ったと言われ、清七と煮豆が、寸の間動きを止めた。

「は？　おれはちゃんと、稲荷寿司を買ってきたぞ」

竹皮包みが空だったら、盆に置いたとき、気づかぬ訳が無い。清七が至って真っ当なことを口にしたので、おさきは思わずほっとした。

（ああ、良かった。意地悪をされたんじゃない。他に、好いたおなごが出来たんでもない）

ぐっと安心したものの、こうなると、稲荷寿司がどこへ消えたのか、おさきにも分からない。

「やっぱり大きな鼠が、寿司を食べちまったんでしょうかねえ」

真剣に言ってみたが、亭主は首を横に振る。

「鼠の仕業なら、盆はひっくり返っているだろうよ」

ここで清七は眉をしかめると、何だか気味が悪いなと言い出した。いつにない言葉を聞き、おさきが目を見開く。

「気味悪い？」

すると清七はすっと声を潜め、赤子の入っている籠へ目を向ける。

「あの、そこにいる赤ん坊の事なんだが……ちょいと奇妙だと思わないか」

「奇妙って……？」

「まず、籠から妙に立派な、赤子の着物が出て来た事が気になる」

皆から、いい着物が籠にあると言われて、清七も確かめたのだ。すると、おさきも持っていないような、本当に立派な絹物が入っていた。

「赤ん坊に、誰があんな贅沢《ぜいたく》なもんを、着せるっていうんだ？」

赤子は直ぐに大きくなるし、這《は》いずって着物を汚す。なのに絹の刺繍《ししゅう》入りとは、考えられないような贅沢さであった。

「あら、あの子、良い所の息子だったのかな」

「おさき、そいつはどうかな。ならばどうして籠に入れられ、捨てられたんだ？」

おまけに、だ。赤子は真っ昼間、誰にも見られずに、清七の家の中に現れている。まるで、手妻《てづま》のようであった。

「誰も、赤子が長屋へ来た所を、見ちゃいないんだ。だから、さ」

清七はその事が、ちょいと……随分と、気に掛かっていると言うのだ。赤子と己が関係あるかのように言われたのも気にくわないが、何より赤子が突然現れた事の方が、清七を悩ませているらしい。

おさきは気楽に言ってみた。

「人が表にいない時を狙って、赤子を捨てただけでしょ。これから捨てますようって、大声で言う人がいるとも思えないし」

おさきが寝ていたので、人が居ないかと思い、家内に置いていったのだろう。しかし、おさきがごく真っ当なことを言ったのに、今日の清七は、渋い顔のままであった。

清七は、物事を長く引きずるのが好きではないので、これは珍しい事だ。

「あんた、お腹《なか》でも痛いの？　それとも、どこかで酒でもご馳走《ちそう》になって、頭が痛くなってるの？」

心配して問うと、亭主の首筋の辺りが赤く染まる。清七はその内、我慢出来なくなったようで、煮豆を脇に押しやると身を乗り出し、おさきを見つめてきた。

「その……突然赤子が家に現れるってぇのは、奇妙だと思うんだ」

まるで狐狸妖怪《こりようかい》か天狗《てんぐ》が、空から飛んできて、赤子をこの家に置いたかのようではないか。

「お、おれは、怖いのは駄目なんだ。鬼や、猫又《ねこまた》や、幽霊なんてぇのが苦手だ」

そういうものがこの世にいると思うと、夜まで怖くなると、清七は言い出したのだ。

「へっ……」

おさきは思わず言葉を呑み込み、箸《はし》を置く。長年連れ添ってきたが、亭主からこんな言葉を聞くのは、初めてであった。何故《なぜ》だか天井が、ぎしぎしと軋《きし》む。

(そりゃま、その、言いにくいことかも)

何しろ清七は、日限の親分と言われる、岡っ引きなのだから。下っぴきも使っていて、それなりに顔も利《き》く、いっぱしの縄張り持ちであった。

その男が、猫又が怖い、夜が怖いと言い出したら、やっぱりみっともない。というか、頼りない。下手に知れ渡ってしまったら、お店で袖《そで》に入れて貰える頼りの金子《きんす》も、減ってしまうかもしれない話だ。

「お前さん、今まで夜、仕事に出る時は、どうしてたの？」

「そりゃ、ちゃんと提灯《ちょうちん》を持って行くし。それに、この世に妙な奴らなど居ないと、己に言い聞かせていたからな」

だから怪しげな事さえ無ければ、清七は何とかやっていけたのだ。ただ、今回清七は参っていた。何しろ不可思議と奇妙が手を繋《つな》いで、己の家に腰を据えているのだから。

つまり、だからその。

「その赤子、何と言うか、もしかして、その」

人では、ないのではないか。

清七がそう口にしたその時、おさきは生まれて初めての事をした。手近にあったしゃもじを手に取り、亭主の額をひっぱたいたのだ。

6

「あれまあ、驚いた。あたし、自分に吃驚《びっくり》してるわ」

おさきは赤子を背負いながら、夜空の下を歩いていた。一人で夜歩きをしたのも初めてなら、赤子を背負って歩くのも、初の事だ。

まだ木戸が閉まる刻限、夜四つには間があったから、おさきはゆっくりと道を進んでいった。

途中、木戸番が目を向けてくる事はあったが、夜泣きをする赤ん坊をあやしていると、大変だねえと声を掛けてくれる。確かに、こんなに大声で泣いては、長屋の人達に悪くて、家にいられたものではなかった。

「やぁれ、雨が降ってなくて、良かったね」

おさきはぐずる赤子に、優しく声をかける。

小半時前、実は赤子が怖いと言い始めた亭主を、おさきはご飯粒のついたしゃもじで、打ったのだ。額にご飯をくっつけた清七は、長年大人しいばかりであった女房が、怒ったことに驚いた。

「おさき、何で……」

「いっぱしの男が、赤ん坊を怖がるなんて、情けないでしょ。あんた、この辺りの親分なのよ」

「だ、だからって、しゃもじを使うのか?」

もし亭主と二人きりであれば、おさきは子供をあやすように、清七を優しく宥《なだ》めたかもしれない。何しろおさきは、長年亭主に守ってきてもらったし、惚《ほ》れているのだから。

しかし、だ。目の前に、自分を頼りにしている赤ん坊がいたら、女は母親になる。勿論《もちろん》亭主には、立派な父親になってもらう。

よって、おれも赤子のように甘やかして欲しい、恐《こわ》いようと言われると、しゃもじが活躍して、亭主の額を打つことになるのだ。子の面倒をみるのは大変で、ひ弱なおさきには、大きな赤子の面倒までみる余裕などなかった。

すると初めての事に、亭主が混乱した。不機嫌な大声を出したものだから、赤子が直《す》ぐに、負けない程の声で泣き出した。

何とかしろと清七が声を張り上げ、おさきは分かったと言って、子を背負う。そして古い羽織を上から掛け、長屋から出て来たのだ。

「さて、これからどうしようか」

赤子は段々泣き止んできたが、お腹が空《す》いているのではと心配になってくる。一度重湯を与えてみた時、余り飲まなかったのだ。

だが夜の中、貰い乳をするあてもない。第一、余り出歩くことのないおさきは、暗い道が、家からどのくらい離れているのかも、摑みかねていた。

じき、夜の中にぼうっと明かりが浮かんでいるのを見つけ、首をすっこめる。

「やだ、何かしら」

すると隣から、説明する者が現れたのだ。

「おさき、ありゃ、夜商いの蕎麦《そば》屋だ」

「まあ……あんた」

横に、いつもの顔が立っているのを見つけ、おさきは驚きつつ、ほっとした。清七は寝付いてばかりの女房が、赤ん坊を背負い夜出て行ったのが心配になり、追ってきたに違いない。清七は、己が抱こうと手を差し出してきたが、赤子がそろそろ寝そうな気がしたので、おさきは首を振った。

夜道の向こうから、「あんばいよしのぉ……」という声も近寄ってくる。

「あれは、酒と田楽売りだ」

木戸が閉まる前に、家へと急いでいるらしい男も、結構いる。大通りの先を、女と連れが急ぐのを見た清七は、多分産婆だろうと言った。おさきが目を見開く。

「夜なのに、随分いろんな人が通りにいるのねぇ」

おさきが、真っ暗なのによく皆、場所が分かると感心していると、亭主が笑う。今二人が居る、真っ直ぐで大きな通りの辺りが、昼間は繁華な場所、俗に言う通町《とおりちょう》なのだそうだ。

そういえば、夜空の下に見える家並みの黒い影は、どれも大層大きい。

「昼と随分、感じが違うんですね」

そう口にした時、星明かりの下、夜の向こうから湧《わ》き出てきたかのように、夜商いの蕎麦屋が姿を現した。

「あ、あら」

驚くおさきの声を聞き、蕎麦屋はちらりと目を向けてきた。しかし清七がちょいと手を上げると、「おや、親分」と言い、頭を下げて通り過ぎる。担《かつ》いでいる大きな屋台が重そうで、おさきは思わず赤子を背負い直した。すると。

「あっ」

短い声と共に、おさきは担ぎ屋台を見直す。そして直ぐに、清七へ顔を向けた。

「お前さん、分かった。背中のややこが、どうやって長屋に来たか、分かった」

「どうやって……来たんだ？」

清七は未《いま》だにその話を聞くと、腰が引けるようだ。おさきは構わず先を続けた。

「振り売りの籠よ！　朝はよく、八百《やお》物《もの》なんか売りに来るから。振り売りのなりで、商いの籠に赤子を入れた籠を隠しておけば、まず分からんわ」

振り売りは長屋へ、一日中よく来る。勿論、たまに知らぬ売り手が来る事もあるから、見知らぬ顔がいても、誰も気にしないのだ。

「おさき、そりゃ振り売りなら、赤子は運べるかもしれん。でも、何だってそんなことをするんだ？」

一つ一つ、事を確かめて行くつもりなのだろう。清七が問うてくる。だがおなごの頭の中は、夕立時の空模様よりもめまぐるしく変わってゆく。おさきはまず、捨て子を使った押し込み強盗の話を、清七に思い出させた。

「新井屋さんが強盗に狙われた時、使われた赤ちゃんは、女の子だったわ」

あの時、女の赤子は連れ去られている。新井屋で強盗達はかなり捕まったが、逃げた賊も大分いたようだ。

「逃げたやつらが、わざわざ赤子をつれていったのは、これからも押し込み強盗の為《ため》に、使おうって考えているからよね？」

上方へでも逃れる金が欲しいから。そして慣れているし、赤子は同情を引きやすいから。一旦《いったん》捨ててから迎えに行けば、夜でもお店は戸を開けるのだ。

しかしそれを聞いた清七は、戸惑う声を出した。

「しかし毎度、同じ事を繰り返しても、捕まっちまうぜ。実際、赤子を使った押し込みの事は、噂《うわさ》になってる。新井屋さんのように、強盗の噂を耳にして、用心する店が出てきて……」

ここで清七が、暗い道で足を止めた。そしてぐっと、片眉《かたまゆ》をあげる。

「そうか。いつも同じおなごの赤子を使ったんじゃ、疑われちまう。だから、目先を誤魔化そうとしたのか」

つまり。清七は赤子を見つめながら言った。

「もしかしたら……強盗達が使っている赤子は、男と女、二人いたのかもな」

盗人達は、噂を誤魔化し逆手に取る為、二人目の赤ん坊を手に入れたのかもしれない。子を盗《と》られた母親が、死ぬほど心配する事など気にもせず、己達の手先に仕立てる為、またかっ攫《さら》ってきたのだ。

「でもおさき、どうしてその大事な赤ん坊を、うちに捨てたんだろうか」

「それは……さあ」

二人が一旦話を途切らせた先を、今度は田楽の夜商いが通り過ぎてゆく。すると、夜に紛れるようにして遠ざかるその姿を見もせず、清七は腕を組み、辺りをうろつき始めた。「そういえば、長崎屋に」とか「まさか……」とか、あれこれつぶやいている。

そして。

その内、思いついた事があると言い、夜の道の真ん中で、清七はびしりと仁王立ちになった。いつになく格好の良いその姿を、おさきが、思わず惚れ直す思いで見つめる。清七は事の察しをつけたらしく、話し始めた。

「背中の男の子が捨てられたのは……新井屋への襲撃が、失敗した為かもしれん」

一度しくじったその時、多くの仲間が捕まるのを見て、手下の一人が、怖《お》じ気《け》づいたのだ。大金を盗んだ盗人仲間であれば、捕まったら首を刎《は》ねられ、三尺高い台の上でさらし首にされてしまう。首が胴体と繋がっている内に、逃げ出したくなったのだろう。

「だが、簡単には賊仲間を抜けられねえ」

逃げ出したいのは皆同じだが、先立つものがない。手下は、早くも次の仕事を言いつけられてしまったのだろうと、清七は考えた。振り売りに化け、赤子を、押し込むつもりの店へ、捨てて来ねばならなくなったのだ。

「その店は、前に襲われた新井屋から、そう遠くないお店に違いないな。つまり、俺の縄張りにある一軒だ」

ならば賊は、近くの岡っ引きの様子も気にしただろう。新井屋を襲っているから、清七の長屋がどこなのか、承知していても不思議ではない。

そして。

「赤子がうちに捨てられたんだ。その手下は、もう耐えられなくなったのかもしれねえ」

それで清七の長屋へ赤子を捨て、逃げてしまったという訳だ。

「手下は赤子を、わざわざ岡っ引きの住む家の内に入れた。多分、子を守ってやりたかったんだな」

仲間に取り返されたり、しないように。

手下が戻って来ないので、他の仲間が赤子を探したのだろう。つまり先に現れた足袋屋は、やはり盗人のひとりに違いないと、清七は考えていた。

おさきは、寝ている赤子の重みを背中で感じつつ、大きく頷《うなず》く。

「お前さん、きっちりと察しを付けなすったんですね。格好いいです」

「おっ、そうかい？　うん、俺も今考えついた事は、当たっていると思う」

得意げな清七を見つつ、おさきは背負った赤子へ、顔を向けた。

「その賊、少しはこの子のこと、可哀想に思ったんでしょうね」

しかし逃げるなら、子は連れて行けない。手下は、赤子を託す場所に困ったあげく、岡っ引きの長屋へ置き去ったのだ。

話が繋がってゆく。ここでおさきが心配そうに、道の向こうへ目を向けた。

「あんた、お時さんは、長崎屋にも捨て子があったと、言ってたよね」

もしかしたら、もしかして……男の子が手下と共に、行方知れずになったので、押し込み強盗達は残った女の子を、長崎屋に捨てたのではないか。

途端、清七の表情が、ぐっと強《こわ》ばった。

「おいおい、あそこの家のもんたちは、そりゃ人が良いっていうか、甘いっていうか」

何しろ親も奉公人達も、病弱な跡取り息子に甘いというので、近隣でも有名な店なのだ。

「捨て子なんか見つけたら、きっとすぐ、家の中へ入れちまうぞ」

そして強盗が赤子を迎えに来て、お涙頂戴《ちょうだい》の物語など語ったら、簡単に潜り戸を開けそうであった。長崎屋は暢気《のんき》にも、赤子に持たせるための、金子まで用意しているかもしれない。

「直ぐに襲われたりしなきゃいいが」

清七は眉間に深い皺を寄せた。捨て子をしたら、賊が、そうのんびりしているとも思えない。赤子を使った押し込み強盗の話は、噂になっているのだ。多分、今夜にでも素早く、長崎屋へ押し込むつもりではないか。

唇を噛《か》み、清七は道の先へ目を据えた。

「おさき、まだ歩けるか。向こうの木戸近くの自身番へ行ってくれ。おれの旦那《だんな》に、知らせを走らせてくれと、番太郎へ伝言して欲しいんだ」

清七の様子が、いつになく頼もしい。

「おれは、長崎屋へ行ってくる」

「あんた、その、気を付けてっ」

こんなにいい男なのに、しゃもじで打ってごめんなさいと言うと、走り出しそうになっていた亭主が、一瞬苦笑を浮かべ足を止める。それから「気にするな」と言い、颯爽《さっそう》と駆け出したものだから、おさきはまたまた、亭主に惚れ直したのであった。

7

自身番の番太郎が集めた町役人達と一緒に、おさきが長崎屋へ着いた時、事はすっかり終わっていた。清七の読み通り、押し込み強盗は今晩長崎屋を襲ったのだ。

だが賊は見事に……今度ばかりは一人の取りこぼしもなく、捕らえられた後であった。全員縛られ、廻船《かいせん》問屋長崎屋の土間に、転がされていた。

「あれま……」

おさきが呆然《ぼうぜん》としていると、長崎屋の若だんなが、声をかけてきた。騒ぎを聞き起きてきたのだろう、主《あるじ》や若だんなも、店表へ顔を出していたのだ。若だんなは柔らかく笑い、清七のことを褒める。

「これは、親分さんのおかみさん。日限の親分は、お手柄でございました」

「は、はあ」

そうは答えたものの、清七が賊達を一人で捕らえたとは、おさきでも考えはしなかった。

(まだ同心の旦那方も、他の岡っ引きも来ていないし)

長崎屋には腕っ節の強い、大男の奉公人達がいるから、多分彼らが捕まえたのだろう。

「お前さん、無事で何より」

とにかく目出度《めでた》い話なので、おさきは亭主に近寄り、祝いを口にする。すると清七は、おさきに困ったような顔を向けてきた。

「どうしたの?」

背の赤ん坊をあやしつつ聞けば、捕まえられた賊が、奇妙な事を言っているというのだ。

曰《いわ》く、潜り戸を開けさせ、長崎屋に押し込んだ途端、大勢の鬼に襲われた、とか。

曰く、店の内に、猫のように目を光らせた魔物が現れ、どすを折られたとか。

行灯《あんどん》の明かりも無い部屋の中で、賊達は恐ろしい者達から逆に襲われ、このままでは食われるかと震え上がったらしい。それで清七が長崎屋へ着いた時には、全員酷く大人しかったというのだ。

「あんた、そりゃきっと、賊がいつも悪事ばかり働いてるせいよ。悪行が積み重なって、僅《わず》かな影が、悪鬼に見えるようになっちまったんだ」

おさきがきっぱり言うと、清七がほっとした表情で、首を縦に振る。

「あ、ああ。その通りだな。長年の悪事の報いか」

「お前さん、あいつらの話を信じて、人に言わないで下さいね。夜が怖いから、見間違いをしたんだろうって笑われるかも」

闇《やみ》を恐れるから、柳を幽霊と勘違いする事になると、言い出す者がいるかもしれない。清七は、怪しのものを怖がっているが、岡っ引きがその事を他に知られるのは、少々拙《まず》いのだ。

「そ、そうだな」

清七は女房に頷くと、賊達の妙な言葉を、それ以上話さなかった。勿論、後から現れた同心の旦那達も、捕まえた者達から何を聞いたにせよ、いつも気を使ってくれる大店《おおだな》について、妙な噂などしない。

ただ騒ぎが起こって、若だんなが起きてきたので、息子が熱を出すかもと、長崎屋の主が珍しく怒っていた。

押し込み強盗は今度こそ、丸ごと捕らえられた。そして赤子が二人、後に残されたのだ。

それから少し経《た》った時のこと。清七とおさきが、拾った男の子を引き取ったと聞き、長崎屋の若だんなが、祝いを持ってきてくれた。菓子や金子、でんでん太鼓もあったが、良ければ使って下さいと言われた赤子の着物を見て、清七が目を見開く。

「こいつは驚いた。じゃあ、捨て子の籠に入っていた着物は、若だんなの小さい頃のものだったのか」

先に捨て子の籠の中で見つけた上等な着物と、それは、そっくりだったからだ。

「親分、気づいてましたか？　長崎屋に捨てられた子は、一度入れ替わっていたようで」

横から子細を話したのは、若だんなに付き添っている手代、佐助《さすけ》だ。もう一人の仁吉と共に、いつも側《そば》に居る二人は恐ろしく強く、押し込み強盗も、若だんなが寝るのに邪魔だと、さっさと伸《の》してしまったらしい。

「最初赤子が、店の側で見つかった時、若だんなはご自分の幼い頃の着物を、拾った赤子に着せようと、籠に掛けておいたんですよ」

ところが赤子を捨てた賊の手下は、長崎屋近くで怪しのものを見たらしく、ついに逃げる気持ちを固めた。その時、一旦捨てた子を拾い直し消えたものだから、若だんなは首を傾《かし》げることになったのだ。

おまけに賊達が手下の逃亡を知ったようで、別の赤子を連れてきたらしく、少し後で、やっぱり赤ん坊が捨てられていた、奉公人に見つかったと言われ、益々《ますます》話がややこしくなったのだ。

「赤ん坊は同じ子で、奉公人が場所を移したのを、忘れたんだろうって言う者もいました。でも仁吉が、違う子だって断言したので」

若だんなによると、仁吉は、物事をそれはよく知っているのだそうだ。確かめてみると、最初は男の子であったはずの赤子は、女の子に化けていた。

「あんまり妙なんで、うちは押し込み強盗に、用心することにしました」

一方、男の子の捨て子と、若だんなの幼い頃の着物は、清七の長屋で見つかった訳だ。

「やれ、ぼうや。とんだ目にあったね」

若だんなはそっと手を伸べ、長屋に寝かされている赤子の小さな手に、指を握らせる。それから、親になることを決めた夫婦へ、笑顔を向けた。

「しかし病みがちなのに、赤子を引き取るとは。おさきさん、偉いですねえ」

若だんなから言われ、おさきは一瞬、目を見開いた。それから、三つ巴《どもえ》模様のでんでん太鼓で子をあやしつつ、少しばかり恥ずかしそうに話し出す。

「いえね、あたしの方が、この子に世話になっているような、もんなんですよ」

「えっ？」

「この子を引き取ってから、あまり寝込まなくなりました。おっかさんになると、赤ん坊の事が第一。寝ちゃいられません」

勿論それは、おさきが大分良くなってきた今だから、言える事かもしれない。しかしもしそうなら、今、この赤ん坊を引き取ったのは、天の配剤、仏様のお導きという気がした。

だが、きっとこれからも、己が具合を悪くする日はあるだろう。長屋の皆に、迷惑をかけてしまうかもしれない。勿論、その事は赤ん坊を引き取る時、思い悩んだ。

だが、そういう迷惑なら慣れていると、お松やお鯉に、あっけらかんと言われ……

おさきは笑い出してしまったのだ。

「腹をくりました。もう昼餉の稲荷寿司《いなりずし》が消えたくらいで、驚いたりしません」

「稲荷寿司が消えた？」

その言葉に若だんなは目を見張り、何故だか天井に顔を向けた。するとまた「きゅいきゅい」と、鳴家《やなり》がする。

「それでね、残された女の子の方は、豆腐屋梅丸屋のおなみさんが、貰ったんですよ」

急に、二人の赤子の乳が必要になったので、皆は困った。それで赤子を預かった差配は、おなみにも事情を話し、また乳をくれないかと頼んだのだ。

もう賊の心配は無いということで、おなみは仕方なく、亡《な》くなった我が子と同じ、女の子を預かった。するとじきに、実の子にこだわっていたあのおなみが、女の子をそのまま育てると言いだしたのだ。

「赤子は、おあきという名にしたとか。何度か、うちの子にも乳をくれたんですが、おなみさん、前よりも元気でしたよ」

皆、赤子に助けられてますと言うと、若だんな達が頷く。

「それでおさきさん、赤ん坊の名は、決めたんですか？」

何故だか最近、親分のおかみさんではなく、皆、おさきの名前を呼んでくれる。おさきが横を見ると、亭主が懐《ふところ》から、大事そうに赤子の名を書いた紙を取り出し、皆に見せた。

「男の子なんでね、おれから一字取って、清吉と決めたんだ」

親になったばかりの夫婦が、嬉《うれ》しげに笑った。

えどさがし

1

江戸の地が東京と称するようになって、二十年以上の時が流れていた。

冬故《ゆえ》に暮れるのが早く、すれ違ってゆく人力車の客達も、膝《ひざ》に暖かいものを掛けている。アーク灯が、暮れて行く夜の町に明るさを連れてくると、とんびというマントを羽織った男の鞄《かばん》から、「きゅんい」という、小さな声がした。

「明るい。朝になった」

「鳴家《やなり》、外へ出るなら、おしゃべりは駄目だと言っただろうが」

「きゅわ仁吉《にきち》、良い匂《にお》いも、する」

「今は京橋《きょうばし》と名のっているんだよ。皆、名字を名のるようになったからね。京橋。分かったかい?」

「きゅべ？」

その言葉を、小鬼の鳴家達が、理解出来たのかどうかは分からない。だが、ドレス姿の婦人とすれ違うとき、京橋こと仁吉が、さっと道の端へ身を寄せると、揺れたせいか鞄の中の声が止《や》んだ。

「鳴家、これから人に会うんだ。だから暫《しば》くは、静かにな」

沈黙が返事の代わりで、仁吉は頷《うなず》くと、十五間も幅がある道の先へ顔を向けた。眼前に、新しき西洋煉瓦《れんが》建築の家々が並んでいる。明治が産んだ銀座煉瓦街の大通りは、美しい街並みを見せていた。

通りには、江戸の頃には無かった歩道があり、街路灯が設置され並木が植わっている。通りを人力車と鉄道馬車が行き交い、駕籠《かご》などもう見る事も無かった。

東京と名を変えた地からは、江戸のかなりな部分を占めていた、旧大名屋敷や旗本の屋敷などが消えている。代わりに、明治政府や軍の新しい西洋建築が建ち、東京の町の見た目を日々新しくしていた。

「やれやれ。この洋風の町が、元の長崎屋の店から程遠からぬ所にあるんだから。若だんなが見たら、何と言われるかねえ」

政府が変わった事だけでなく、明治以降、京橋の辺りでは何度か大火があった。その為《ため》、かつて長崎屋があった通町《とおりちょう》もまた、姿を変えてしまったのだ。古い建物は火に呑《の》まれると、一度に何千戸も焼失し、そこに再建された明治の町は、古《いにしえ》のものとは違っていた。

「おかげで長崎屋も、京橋近くには居られなくなった」

長崎屋の離れで、いつも妖《あやかし》達と暮らしていた若だんなも、あれから百年ほども過ぎた今、この世にいない。

(人の定めではあるが)

仁吉が小さく息を吐くと、鞄の中で鳴家達がごそごそと動く。その気配に、少し笑みが浮かんだ。

「若だんなは、いつだって妖が好きだった」

巡り会えたら、きっと嬉《うれ》しそうな顔をするに違いない。だから仁吉は……他の妖達も、また若だんなと会うのを、楽しみにしているのだ。

「昔々、若だんなの祖母君おぎん様は、待って待って、そして恋しい鈴君に巡り会った」

傍で見ていて、胸が痛くなるほどの年月がかかったが、それでもちゃんと、生まれ変った待ち人に会うことが出来たのだ。

「だから我らも、待っていればまた会える。きっと、絶対に会える！」

その確信と気持ちの深さが、おぎんの時のように、縁を繫《つな》いでくれるに違いない。おぎんと鈴君のように出会えたなら、お互いのことが分かる筈《はず》であった。

「きゅい、もう離れるのは、やっ。今度会ったら、皆で一緒に、おぎん様のお庭へ行くの」

今、仁吉の側《そば》にいる鳴家達は、維新後の大火で怖い思いを何度もしたせいか、勝手にそう言っている。仁吉はそういうとき、鳴家達の頭を撫《な》でる事にしていた。

若だんなが、毎日お菓子をくれた長崎屋の離れには、沢山の妖達がいつも集っていた。人とは違うもの達が、町屋の中に居場所を見つけ、のんびりと楽しく、日々を過ごしていたのだ。

ところが。時が長く長く過ぎると、人は寿命を終えて行く。その上、幕末、維新と混乱が続いた故に、今は離れてしまった馴染《なじ》みの顔も多い。だから小鬼達は今、酷《ひど》く寂しい思いをしているのに違いなかった。

「大丈夫だ。きっといつか、元のように集えるから。私が約束する」

仁吉はそう声を掛け、軽く鞄に触れた後、窓からランプの明かりが漏れる街並みを、足早に進んで行った。

途中、朝野新聞社と、綿、フランネル販売店が角にある、銀座四丁目の交差点に出ると、目に入った巡査派出所で道を尋ねる。アーケードが続く、西洋の街並みもかくやという銀座の街中にあって、小さな木造の派出所は、掘っ立て小屋のように小さかった。

中にいた巡査は、眠たそうな一重の目の男で、目を合わせた仁吉は一瞬、すっと片《かた》眉《まゆ》を上げた。

「多報新聞社の場所を知りたいと。ああ、はいはい。あの新聞社ね」

巡査は、町の地図を引っ張り出してくると、結構親切に道案内をしてくれた。

「ここからなら、大して遠くはないよ」

言われた通り、しばし大通りを進んだ後、道を右に折れる。そのまま歩み、やや細い道沿いに来た時、『多報新聞』という看板と、西洋風の上げ下げ窓を見つけた。

入り口脇《わき》にある太い柱の前で、一旦《いったん》足を止めると、持ってきた鞄の中から、今日の多報新聞を取り出す。それから仁吉は、入り口の戸を軽く叩《たた》き、中へ声をかけた。

「ちとお尋ねします。私はこの煉瓦街の端で商売をしている者で、京橋と言います。今日の新聞の、こちらの記事についてお尋ねしたいんですが」

部屋内には数人の男達がおり、それなりに忙しそうにしていた。丁度奥から出て来た初老の男が、少し戸惑った表情を仁吉へ向けてくる。

「記事？　何か気になる事でも……おや、人捜しをしておいでなんですか」

仁吉が、強盗でも暴漢でも憲兵でもないと分かった為か、社内の皆が、目に見えて肩から力を抜いた。初老の男は、己の事を坂《さか》六郎、この多報新聞の記者だと言った。

「さて京橋さんとやら。どの記事が気になったんでしょうか。おや、これですか」

仁吉が指さしたのは、一面に載ったものではなく、何枚かめくった先にある、左隅の小さな記事だ。坂は苦笑を浮かべた。

「その文なんですが……お分かりかと思いますが、投書なんです」

坂によると、最近新聞社へ投書してくる読者が増えているのだという。自分の投書が載れば、新聞への興味も増す。だから多報新聞は、投書をよく取り上げるのだ。

『江戸の頃別れてより、いく年月。早く迎えに来ておくれ、一』

記事の文は短かった。最後の一というのも、名前なのか、それとも他の事なのか、はっきりしない。だが。

（一……一太郎の略かもしれない）

仁吉はそれ故に、新聞社へ飛んで来たのだ。

「この投書、誰が送ってきたものか、分かりますか？」

まさか、どこの誰の意見か分からないまま、新聞に載せたりはしない筈と、仁吉は問うてみる。坂は笑顔で頷き、とにかく投書欄を受け持つ記者に、聞いてみましょうと言ってくれた。

「今は望月《もちづき》という者が、投書の係です。客が来たとかで、今、裏手へ出てますが、じきに戻って来ましょう」

茶でも淹《い》れますから、座って待っていて下さいと言われて、仁吉が頷く。

その時であった。

ぱんっ、という耳慣れない音が部屋に響き、部屋内にいた者達が、寸の間顔を見合わせる。口元を強《こわ》ばらせた坂が、真っ先に奥へ走ったので、仁吉があとへ続いた。

「今の音……まさか、ピストルの音か？」

奥へ向かいつつ、坂の顔が引きつる。ピストルとは縁の無い仁吉には、判断できない音であった。

もっとも、鉄砲が厳しく規制されていた江戸とは違い、明治の今は、護身用としてピストルの広告が新聞に出ている。ピストルは、その剣呑《けんのん》さと共に、ぐっと身近なものになってしまっていた。

坂が、勝手口というか、奥の細い露地へ出る戸を開けた。しかし急に、戸の外枠額縁を摑《つか》み、足を止める。仁吉は思わず、その背へぶつかりそうになった。

「どうしました？　坂さん？」

坂が返答をしないので、脇から戸の外へ、仁吉も目を向ける。

「あ……」

狭い露地に、人が倒れていたのだ。坂と同じほどの年配に見える、洋装の男であった。胸を撃ち抜かれており、僅《わず》かも動かない。

仁吉の前から、呆然《ぼうぜん》とした声が聞こえた。

「望月さん……死んだのか……」

坂が戸の枠に手を掛けたまま、「何で」と、かすれた声で言う。

「えっ？　死んだ？」

「望月さんが、死んだ？」

寄ってきた他の記者達も、後ろから露地を見た途端息を吞み、寸の間呆然としている。

仁吉が咄嗟《とっさ》に露地へ出ようとしたところ、後ろから止める声がかかった。

「警察へ知らせをやったから、直《す》ぐに警官が来る。場を荒らすなよ」

記者の一人がそう言い出したものだから、誰も外へ出ようとしない。仁吉も、制止を振り切ってまで、新聞社で何かしようとは思わなかった。沢山人がいる、会社内で起こったことだ。客の仁吉が出しゃばらずとも、仲間達が何とかする筈であった。

もう随分昔、江戸の頃より、仁吉は若だんなの事以外では、無茶をしないようにしていた。

(ここで変に目立って、長崎商会に妖がいると人に知れたら……若だんなが生まれ変わってくるのを、待てなくなってしまう)

そういえば、いつも若だんなが一番大事で、二番や三番はないと、言われたものであった。そして今、仁吉が気に掛けているのは、新聞の投書の事なのだ。

「きゅんい……」

どこからか小さな声が聞こえ、直ぐに消えた。

2

多報新聞社は、大して遠くない。

巡査派出所で、仁吉へそう告げた巡査は、確かに素早く新聞社へ駆けつけてきた。

もっとも、派出所を空には出来ないとかで、最初来たのは例の、眠たそうな顔の巡査だけだ。

「他の巡査達も、来てくれりゃあいいのに。ものぐさなんだから」

巡査は秋村《あきむら》と名乗り、綺麗《きれい》な顔で寒いねぇとこぼした後、新聞社の裏口へと足を運ぶ。そしてコートの裾《すそ》を気にしつつ、望月の側へしゃがみ込んだ。

「おや、財布が残ってるじゃないか。物盗《ものと》りじゃないのかしらん。こりゃ面倒」

秋村は、望月の体に手を触れる。途端、片眉をぐっと上げた。

「撃たれたのは、胸の辺りの一発のみか」

そこへ、余所《よそ》から応援の巡査達も駆けつけてくる。すると秋村は、煉瓦街の裏手、勝手に木造を増築した辺りから板戸を調達し、急ぎ望月を運び出させた。

その後、坂の方へ顔を向けると、望月は誰かに恨まれていたかと、秋村が単刀直入に尋ねる。坂が返答に詰まったので、仁吉が秋村へ声をかけた。

「ぱん、という妙な音がして、我らは直ぐに駆けつけました。賊は金が欲しくとも、盗る間が無かっただけかも。本当は物盗りだったかも、しれませんよ」

「あのさ、人殺しはこの煉瓦街の露地で、人を撃ったんだ。周りに山と人がいる場所だよ。そいつは、直ぐに誰か駆けつけて来る事くらい、分かってた筈でしょ。それでも、わざわざこんな場所で、撃ったんだよなぁ」

つまりただの物盗りじゃないよと、秋村は軽く言う。その、軽薄な物言いに見合わぬ考えの確かさに、仁吉は目を細めた。

（ふうん、真面目《まじめ》に巡査をしているんだ、この御仁）

ここで坂が、落ち着かぬ様子で秋村へ話し出す。

「望月さんが、恨まれてなかったかと言われましても。巡査さん、そりゃ新聞記者をやってると、あれこれ文句を言われる事もあります。書いた記事が、気に食わぬと言われたり」

坂も望月ももう五十過ぎで、今まで色々な事件に向き合ってきたから、苦情を受けた経験は多い。

「でも望月さんは最近、投書の係をやってまして。剣呑な件に関わる事は、無かった筈ですが」

「おや、ま」

秋村が首を傾《かし》げた時、応援の巡査が戻って来て、何やら秋村へつぶやく。頷くと、秋村は新聞社の者を、部下代わりに使いだした。

「ああ、あんた達。望月さんの身内へ連絡し、警察へ来るよう話しといて貰《もら》えますか」

望月は、この新聞社に勤務していたのだ。だから、そういう連絡は社へ任せた方がお互い楽だろうと、悪びれもせずに言い、秋村が警察の連絡先を記した紙を渡す。途端、記者達が今更のように慌《あわ》て始めた。

「望月さん、連れ合いは亡《な》くなってたな？　子供は入院中だ。親戚《しんせき》はいたか？」

社内で不幸があった時、どうしたらよいのか、必死に思い出そうとしているのだろう。

「きゅんげ？」

退屈したのか、小さな声が聞こえてきたので、仁吉が鞄を軽くとんと叩くと静かになる。しかし、この状況では投書の事など聞けるとは思えず、仁吉は首を横に振ると、そろそろ帰る事にした。

（すっかり暮れてきた。遅く帰ったら、皆も心配する）

それでさっさと、開かれたままの戸口へ向かう。その向こうに、他家の明かりが目に入った。

ところが外へ出る前に、突然手首を摑まれてしまったのだ。振り返ると、秋村が仁吉を止めていた。

「最初に望月さんを見つけたお二人は、坂さんと京橋さんですよね。まだ話があります。勝手に帰られては困りますな」

今からもう一度、あれこれ聞かせて貰いたいと言い、秋村は坂を他の巡査へ託す。忙しいだろうに、坂は素直に従った。記者であるから、自社の中で勤めている者が殺されたとあれば、一度で調べが終わる筈もないと承知しているのだろう。

しかし仁吉の方は、新聞社の机に寄りかかりつつ、はっきりと顰《しか》め面《つら》を浮かべた。早く帰りたいのだ。今し方警察に言った事以外、知っている事は何も無かった。

「京橋さん、もし忙しいなら、明日の午後でもいいですよ。巡査派出所へ来て下さい」

「明日は、仕事があるんですが」

「なら、今から話しましょう」

秋村は勝手に決めると、仁吉を、望月が倒れていた裏手へ連れていった。その時、どんな用で新聞社へ来たのかと問われ、仁吉は人捜しだと不機嫌な口調で答える。

若だんなを捜していると、こういうとき無茶が出来ないので煩《わずら》わしい。仁吉は仕方なく、持って来た投書の記事を秋村に見せた。

『江戸の頃別れてより、いく年月。早く迎えに来ておくれ、一』

秋村は一つ首を傾げると、おやと言い、人が悪そうに微笑《ほほえ》んだ。

「あのぉ、京橋さんはお若く見えるが、一体幾つなんですか？　江戸の頃、人と別れた覚えでもあるんですよね？」

江戸の世が消えてから既に二十年を越す。そして、江戸も末期に生まれた者では、侍の世の事など、ろくに覚えてもいないだろう。ようよう、江戸の思い出を語れるかもしれないのは、今、三十手前ほどの者だろうか。だが仁吉の見てくれは、二十歳と少しといった所なのだ。

「妙ですねえ」

すると仁吉は少し困ったように笑い、家族ぐるみで付き合っていた家の、息子を捜しているのだと、ぺらりと言った。

「京橋辺りは明治この方、何度も大火に襲われてます。そのせいで、互いの家族の行方を知る事が、出来なくなってしまったんですよ」

「おや、京橋という名は、住んでいた土地の名でしたか」

「明治の八年に、平民苗字《みょうじ》必称義務令が出ましたから、私も名字を付けました。長く住んでいた所は、堀川や橋が近かったので、そこから頂きましてね」

「わはは、名字は橋の名前か。そりゃいい」

秋村は笑うと、新聞社奥の露地と、社の間の戸を閉める。それから煉瓦と、勝手に建てられた木造の建物の狭間《はざま》、望月が撃たれた辺りへ行き、足を止めた。窓の明かりも届かぬ陰に入ったので、その表情を見る事が出来なくなった。

なのに、その口元がにやりと笑ったのが、仁吉には分かった。

「面白い言い訳だが、ちょいと苦しいかな。京橋さん、あんた、人ならぬ者だろう？」

先程鞄の中から、不思議な声がしていたよと、秋村が言い出す。

「妖が町中で、仲間と暮らしているのか。凄《すご》いねえ」

仁吉は溜息《ためいき》をつき、秋村へ鋭い視線を返した。そして……秋村の言葉を否定せず、その目を覗《のぞ》き込んだ。

「秋村さん、あんたが小さな声一つ聞いて、何でそんな事を思いついたか、言ってやろうか」

仁吉の本来の姿は、森羅万象に通ずる白沢《はくたく》であり、見抜けることも又多かった。

「あんたも同じ妖に、違いないからさ。それで、私の事が分かった訳だ」

まさかこの明るい明治の世、堂々と、巡査になっている妖がいるとは思わなかったと、仁吉が眉根を寄せる。すると秋村は声を殺して、さも楽しそうに笑ったのだ。

「知らなかったのかい。今の世、妖の警官は何人もいるよ」

だがしかし。その者達の名は知っているものの、余り縁がないと、秋村は少しふてくされたように言う。妖と話したのは、久方ぶりらしかった。

そのとき、鞄の中から「きゅいぃ」という小さな鳴き声が、また聞こえてくる。知らない妖が現れたのであれば、小鬼達は見てみたいのだ。

しかし怖い相手であったら困る。それで声を出し、出ても大丈夫か仁吉へ問うたらしい。

秋村がにこりとした。

「鞄に潜んでるのは、何？」

「ただの鳴家だよ」

妖相手に隠してもせんなく、建物の陰で鞄を開けると、鳴家達が三匹、ひょいひょいと顔を覗かせる。だが目の前の妖が洋装だったからか、鳴家は目を見開き、直ぐ鞄の底へ潜ってしまった。

「何で一緒にいるんだ？　妖なのに、他の妖と群れているのか？」

「昔から、側にいるのさ」

他の妖達とは、随分と前、若だんなと呼ばれた人が、ある店にいた頃からの付き合いだ。離れたがらないし、明治の世の急な移り変わりには、困っている妖も多いのだと仁吉は語った。

「だから今も共にいる。若だんなが帰ってきた時、居ないと心配されるだろうからな」

「その若だんなも、妖なのか?」

「人だよ、秋村さん。でも、また会えるに違いないと思ってる。そろそろだという気もしてる。だから捜しているのさ」

「ああ……そう。あの妙な投書を送った主が、その人かもしれないと思ったのか。それで新聞社へ来たんだな」

だが投書係の望月は撃たれてしまったなと言い、秋村は腕組みをしている。そのとき鞄から鳴家が一匹、恐る恐る顔を出し、また引っ込んだ。

「怖くない。出てこいよ」

秋村が指をさしだしたが、頑として顔を見せない。仁吉から、飼い犬ではなく妖故、無理だと言われ、口をへの字にしている。

しかしじきに、その口元を片方だけ引き上げた。

「なあ、京橋さん。あんたは投書の主が、この世に戻って来た若だんなかどうかを、確かめたいんだろ。俺は警官として生きてゆく為に、手柄の一つも立てたい」

今日撃たれた望月は、敵を取って欲しいだろうし、新聞社は早々に、自社の記者の事件を、記事にしたい筈だ。

「皆、今回の件の決着を願っている。だから俺に、力を貸さないか」

仁吉は妖として大物の感じがするから、助力はありがたい。今回手を貸してくれれば、秋村は返礼として、若だんな捜しに手を貸そうという。

「俺一人の力は知れているけどね。でも警官の数は多いんだ。それに警官なら上手《うま》く言えば、役所にも協力を求める事が出来る」

随分役に立つぞと、秋村は売り込んでくる。仁吉はすっと、片眉を上げた。

「おや、手柄を立てたいだって？　妖のくせに、随分と働き者じゃないか」

信用出来ず、本当はどういう腹づもりなのかと、問うてみる。すると秋村は、舌を出し、こう言ってきた。

「いや、出世すれば給料が上がるから、犯人を捕まえたいのは本当だ。そして、さ……その若だんなとやらが帰って来たら、俺もその妖の集まりに、加えちゃくれないか」

江戸の頃は、一人で平気だった。その前、いつ頃己が生まれたのか、覚えてもいない。なのに明治を迎え、あれこれ便利になると、何とも落ち着かないのだ。

明るいアーク灯の明かりから逃れるように、田舎へ、森の奥へと逃れるか。それとも己のように、腹をくって町中でやっていくか。妖には、どちらかしか道はないように思える。

そして実際、この煉瓦街でも妖の姿を見るのに、何故《なぜ》だか秋村には未《いま》だに、仲間は出来なかった。

「日々重なってゆくこの寂しさは、一体何なんだろうね。昔は平気だったんだが」

己でも不思議だと、秋村は語る。

「俺も、若だんなに会ってみたい」

すると。

「若だんな?」

その言葉に引かれたのか、姿を消していた鳴家達が、またひょこりと顔を出し、おっかなびっくり秋村を見ている。

「花林糖《かりんとう》?」

一匹がそう口にしたが、何も出てこない事が分かると、がっかりした顔で鞄の底へ潜った。仁吉はしばし秋村を見ていたが……やがて、調べに力を貸すと約束する。

「だがお前さんが、我らの所へ来て良いかどうかは、若だんな次第だ」

だから尋ね人が見つかるまでは、仲間面《なかまづら》などするなと釘《くぎ》を刺すと、秋村は急ぎ頷く。

「となればさっそく、若だんなの事を調べて欲しいが……ああ、今の世に生まれているかどうかも、まだ分からんのだ」

すると秋村は、名を知る妖の警官達に、妖を恐れない人がいないか、聞いてみようと言い、仁吉も頷く。

「じゃあ後は、新聞社の事件の方だが……一つ知らせておきたい事がある」

秋村は、妙に親しげに仁吉の肩を叩くと、小声で言った。

「撃たれた望月さんだが、我らがどうして、急ぎ新聞社から運び出したのか、分かるか？」

「いや……銀座のど真ん中に、死体を置いておけないから、とか？」

一応言ってみたが、外れらしい。秋村はにやりと、人が悪そうに笑った。

「望月さんは、生きてる」

「は？」

「というか、まだ死んではいなかった」

今、意識はない。助かるかどうかも分からない。だが、即死ではなかった訳だ。

「でも、胸の辺りを撃たれた望月さんは、この辺りに転がって動きもしなかった。で、新聞社にいた皆は、死体だと思った訳だ」

それが、どうも不思議だと思ったから、新聞社の者達には知らせず、望月を他所《よそ》へ移したのだ。帰る前に、京橋にも死体だと思った訳を聞いておきたかったと、秋村は続ける。

「お前さん、どうして望月さんの生死を、確かめなかったんだ？　医者を呼ぼうとは思わなかったのか？」

仁吉は今宵初めて、心底呆然とした。気がつけば己は、当たり前の事をしていなかった訳だ。

「もし若だんなが撃たれたら、もう三途《さんず》の川を渡っていても、医者を呼んだだろうに」

何故目の前に倒れている人を、死んでいると思ったのか。仁吉は急ぎ己へ問うたが……何故だか答えが出てこない。

「自分でも分からないか。まあ、その訳もこれから、調べていこう」

そう言うと、秋村の黒い目が、仁吉の顔に近づく。

「望月さんは、重篤《じゅうとく》な状態で動かせない。今、剣呑な奴《やつ》に近づかれると危ないんだ。望月さんの事、他言は無用だ」

「承知」

鞄の中からも何故だか、「きゅい」と声が聞こえた。

3

翌日の事。銀座煉瓦街の一角にある長崎商会に、初めての客が尋ねてきた。

その初老の客が京橋の事を問うと、店表にいた鈴《すず》という娘が、一瞬首を傾げる。それから番頭なのか、金次というへらへら笑っている男に、居場所を聞いている時、当人が奥から出て来て驚いた表情を浮かべた。

「おや、多報新聞社の坂さんじゃないですか」

警察に商会の場所を聞いたのかと問うと、坂が頷く。そして店の中をぐるりと見回し、長崎商会の大きさに驚いたと、率直に口にした。

「これが京橋さんの店なんですね。まだお若いのに大したもんだ」

「いや、私は一時、商会を預かっているだけで。ここは若だんなの店でして。で……ご用は何でしょう」

「京橋さん、その、お願いがありまして」

商会一階に置いてある、随分とモダンなテーブルの前に座ると、坂は仁吉へ、真剣な眼差《まなざ》しを向けてきた。

「あのですね、昨日、新聞社へ来られた巡査さん。あのお人は私とは別に、京橋さんを、社の裏手へ連れて行きましたよね？」

望月の倒れていた場所へ行き、二人は何を話したのだろうか。自分の知らない何かを、京橋は聞いたのではないか。坂は気になって、今日また警察から事件の話を聞かれた折り、秋村巡査にその事を問うたらしい。

「すると、です。大した話はしなかったって言って、誤魔化されたんですよ」

坂は益々《ますます》気になり……京橋の店へ、やってきてしまったという訳だ。

「成る程」

仁吉は頷き、自分も猫足の椅子《いす》に座る。そして鈴彦姫《すずひこひめ》に番茶を貰ってから、やんわり質問をかわした。

（望月さんが生きてることは、話せないからねえ）

だから仁吉の素性や来社目的などを、秋村からあれこれ問われたと、坂へ告げたのだ。すると、何だか不満顔の坂が、仁吉へ急に頭を下げてきた。

「ねえ京橋さん、今回の件で、私に力を貸していただけませんか」

「は？」

「私は歳《とし》だが、辞める前に一度くらい、これはという記事を書いてみたいんです」

今回の望月の事件は、多報新聞社内で起こったことだ。もしその件で、良い記事が書けたら、新聞の一面を飾れる。

「そうなったら、少なくとも社内の人間は、今後長く私の記事を覚えていてくれるでしょう」

だが。その為には助けが必要だと、坂は考えたらしい。今回の事件、何がどうなっているのか、まだ全く話が見えないからだ。

「望月さんは撃たれた上、何も盗られちゃいなかった。やはり書いた記事のせいで、誰かの恨みでも買っていたんじゃないか。昨日しつこく警察に、そう言われましたよ」

今は投書係でも、若い頃は気合いを入れて、事件などを調べていた筈だからだ。

だが、ここで坂はうっすらと笑った。

「巡査の皆さん若いんで、明治の世、新聞社がいつ作られたのか、忘れちゃってるんです。うちの多報新聞社は、結構早くに出来ました。しかしね、それでもまだ、出来て十年という所なんです」

坂も望月も明治の初期に、商家勤めから職を替わって、記者になった口なのだ。創業時には壮年で、会社の基礎を固める為の戦力になった。望月は経理が得意であったし、坂は多くの人脈を持っていた。

だが。正直に言えば、華々しい記事を書き、新聞の部数を増やした事など、坂と、その相棒であった望月には、一度もなかったのだ。社に残っている年配の記者仲間にも、同じような者がいる。

「うちの会社は、五十を過ぎると辞めてゆく人が多くてね。私だって居られても、後何年かでしょう」

そういう年代だと見られているから、望月は楽な投書係をやっていたのだ。今は若い記者達が、会社の柱となっている。

「警察の捜査の方向は、間違っていると思うんです。つまり上手くやれば、私の方が早く事を解決出来るかもしれない」

そして一面記事を書くのだ。しかし仁吉は、落ち着いた顔で坂の言葉を切った。

「私は商人で、捕り物などの助力は出来ませんよ」

「いや、だからその……秋村巡査と親しく話しておいでだったし。そういう話をですね、こちらにも聞かせてもらえたらと」

どうやら警察がどこまで、何を調べているか、教えてくれる人が欲しいのだと分かり、仁吉は苦笑いを浮かべる。

「記者であれば、自分で調べるべきですな」

「やってますよ。でも望月さんは、命を狙《ねら》われるような怪しい記事など、本当に書いてないんです。困ってしまって」

ここで坂は、望月が以前書いた、主立った記事のことを話し出す。社内に保管してあった新聞から、巡査達が調べ上げるのを手伝った記者がおり、教えてくれたのだという。

「目立ったのは、五つほどだったそうです。でも、こういうものを書いたからって、殺されると思いますか？」
一、明治十四年の神田の火事についての記事。一万戸以上を焼失した大火であった。望月だけでなく、他の新聞も皆、火事についての記事を書いた。
二、武家の零落を書いたもの。坂と望月、連名での記事。二人は武家出身なので、書きやすかったと言っていた。ただし他にもそういう記者は多く、目立たず。
三、コレラが流行《はや》った時、その騒ぎに乗じて、商家に押し込んだ強盗の件。賊は捕まり既に全員死亡。望月と坂は他紙に一面記事が出た後、後追いで記事を書いた。

四、人力車夫の強盗の件。これは望月が頑張って聞き込みをし、記事を書いたもので、当人が誇らしく思っている仕事だ。しかし大きな件ではなく、しかも車夫が強盗であったと書いた為、車夫仲間の無実を信じる二人が新聞社へ押しかけ、同僚達は迷惑を受けた。

五、望月は長年、怪異に関わる記事を書いていた。しかし評価はかんばしからず。子供だましと言われてしまっている。

「望月が、この記事のどれかで、恨みを買ったと思いますか？　正直に言えば、どれもぱっとしない記事だ」

こんな仕事で撃たれたら、望月は驚くだろうと坂は口にする。仁吉は苦笑を浮かべた。

「はっきり言いますね」

確かに聞けば聞くほど、撃たれた訳が分からなくなる。仁吉は、望月の具合がどうなっているのか考え、ふと坂へ尋ねた。

「望月さんのご家族は、入院中とか？」

「一人息子は、病がちでしてね」

今回、その子が一人で残ってしまったと、坂は溜息を漏らす。

「私は妻を早くに亡くし、ずっと一人で寂しいと思ってました。だが、こういう状況になると、後の心配事を抱えていないのは、ありがたいのかな」

ここで坂は、仁吉の目を見た。

「これだけ話したんです。京橋さんも、あの秋村巡査から、何か聞き出してくださいよ。頼りにしてます」

「協力すると、勝手に決めないで下さい」

引き下がらない坂を、仁吉が持てあます。すると坂はここで、さも優しそうに言った。

「そういえば京橋さんは、あの変わった投書を送った人について、知りたがってましたよね」

もう望月はいない故、自分が封筒を捜してみましょうかと坂が言う。仁吉が思わず坂を見ると、その内封書を見つけて、また来ますと言った。

「出来ればその時、秋村さんが話した事など聞かせて下さい」

坂は一人頷き、帰っていった。

「やれやれ。皆が力を貸せという」

仁吉は思わずこめかみを押さえ、椅子の背にもたれ掛かる。すると疲れた声だった為か、金次が、今日は早じまいだと言い出した。勝手にドアの外へ本日休業の札を出し、特注の鍵《かぎ》を掛けてしまう。

途端、今なら大丈夫と踏んだのか、鳴家達が隅からころころと転がり出てきた。

「きゅわ、お休み、お休み」

江戸の頃は店を休むとなると、分厚い木で出来た大戸を下ろさねばならず、大変であった。だが今は、誠に簡便だ。ステンドグラスをはめた硝子窓《ガラスまど》は、日差しは入るが中は覗けない。だから鍵一つ掛ければ、妖達は日中でも安心して現れる事が出来た。

鈴彦姫がお茶のお代わりを淹れて、皆の前へ置く。

「佐助《さすけ》さんが早く、帰ってくるといいですね。若だんなの噂《うわさ》を追いかけて、天狗《てんぐ》へ会いに行ったきりです」

そこへ、今は洋装の獺《かわうそ》も顔を出す。長崎屋の離れのように、沢山の妖が集ったので、鳴家達が嬉しげな顔をして、お菓子の食べっこをしようと獺を誘った。

「でも鳴家、お菓子はないよ」

獺に指摘され、小鬼は「きゅべえ」と鳴くと、仕方なく、ごっこ遊びをしようと誘った。すると獺はにやっと笑い、我こそは怖い殺人鬼だと言いだした。そして長い箒《ほうき》を、江戸時代の火縄銃のように構えると、殺しの訳を高らかに語った。どうやら、仁吉が巻き込まれた事件の真似《まね》を、始めたらしい。

「新聞社の社員は、仁吉さんにあれこれ煩《うるさ》い事を言って、気にくわん。討ち取ってやる」

その記者役を小鬼に決めたのか、箒の銃口を鳴家《やなり》へ向けた。そして。

獺が「どんっ」と口まねし、鳴家を撃つ。

「ぎゅべっ、やられた」

一発しか撃ち真似をしていないのに、鳴家が二匹、大仰な身振りでタイル張りの床に倒れた。

「まあ、大変」

鈴彦姫が笑いながら、テーブルとチェストの間を通って、鳴家を助けに行こうとした。だが、その時金次が鈴彦姫の前を塞《ふさ》ぎ、盛大に驚いた振りをする。

「わあ、鳴家が死んでるっ」

それから一つ間を置き、大いに首を傾げた。

「って言うかね、ここで」

だが、似たような新聞社の件で、記者達は、同僚は死んだと直ぐに決めつけたのだ。

「打たれて倒れてたのは、事実だ。助けるのが、面倒くさかったんじゃないですか」

獺が言ったが、皆は頷かない。

「何故一言、大丈夫かという問いが出なかったのかねえ」

金次は眉間《みけん》に皺《しわ》を寄せ、天井にいた鳴家達が、声を上げている。

「きゅい、きっとピストルの呪《のろ》いのせい。撃たれたら、直ぐに死ぬんだ」

「あら、そうなんですか？　ピストルって、御札より強いんですねえ」

「鈴彦姫、御札じゃ人は死なない。いやピストルでも、ちゃんと当たらなきゃ死なない。火縄銃と同じだな」

金次がへらへらと笑い、部屋内の妖達は、首を傾げている。すると、じきに倒れているのにも飽きたのか、二匹の鳴家が起きだして文句を言った。

「つまんない。ぎゅい、みんなピストルで打たれた鳴家を、見てくれない。鈴彦姫、助けてくれない」

「あ、あら。ごめんなさい」

鈴彦姫が謝ると、その様子を仁吉が、目を見開いて立ち上がった。

「鈴彦姫、何で鳴家を助けなかったんだ？」

「あら、どうしてでしょう？」

鈴彦姫は首を傾げ、眉根を寄せた。

「直ぐに、助けようって思ったんです。でも……そういえばあの時、金次さんが、鳴家が死んでるって驚いて、私の前を塞いだんです」

そして……別の話が始まり、結局、鳴家を抱き起こしには行かなかったのだ。

「どうしてそんなことに、なったんでしょう?」

「おやぁ、分からない事が出てきたぞ。面白そうだな」

「きゅべ、鳴家を助けてっ」

不機嫌な鳴家達が、金次に噛《か》みつく。瘦《や》せた貧乏神が鳴家の額を指で弾《はじ》き、また噛みつかれて喧嘩《けんか》になった。金次は鳴家を追いかけつつ、ふと仁吉へ顔を向ける。

「でもさ、床に倒れてたのが鳴家じゃなく、若だんなならどうだったかね。あたしが前を塞いでも、仁吉さんは直ぐに助けたんじゃないかね」

言われて仁吉は頷《うなず》いた。つまりあの時新聞社で、誰かに無理矢理止められた覚えはなかった。他の記者達も同じで、大勢を止めた者などいない。

「ああ、すっきりしない。私達はあの時、何故医者を呼ばなかったんだ?」

頭の中を、考えがぐるぐる回って、仁吉は黙ってしまった。その様子を、鳴家が不思議そうに見て、首を傾げていた。

4

仲間に加わるのは、若だんなが現れて、承諾してから。

きちんとそう言ってあったのに、秋村は早々に、長崎商会へやってきてしまった。

「いや、今日は望月さんの調べの、報告に来ただけです。決して、他意はないのですよ」

「は？　新聞社に居合わせただけの私に、どうして捜査の様子を話しに来るんだ？」

そう言うと、仁吉はうんざりした表情を浮かべる。だが、しかし。

秋村は初めて来たからと言い、築地《つきじ》の居留地と煉瓦街《れんががい》の中程にある西洋菓子の店から、ケーキと珈琲《コーヒー》の粉を買ってきてくれたのだ。

珍《めずら》かなるシードケーキという言葉を聞き、鳴家達が目をきらきらさせ、現れてきたので、仁吉が慌てて店を休みにした。おまけに金次ときたら仁吉に聞きもせず、己の好物である珈琲を淹れに行ってしまった。若だんながいない今、仁吉は昔のように、菓子をいつも部屋に置いてはいない。だから皆、甘味は大歓迎であった。

「けぇき、けぇき、好き」

鈴彦姫がさっそくケーキを切り分けると、鳴家達はてんでに一かけを貰い、それは嬉《うれ》しそうな表情を浮かべる。

「けぇき、若だんなもきっと、好き」

小鬼らは頷くと、小さな手で、また一かけ取って、幸せそうな顔をした。仁吉も珈琲を貰い、仕方なく妖《あやかし》一同、秋村が話す望月の件の捜査状況を、拝聴する事になった。

「望月さんは、新聞社へ入社してからこっち、一面記事などは書いてはいないみたいですね。他社の後追い記事を書いたり、投書欄の担当をしたりと、大人しい。はい？その話はもう聞いたって？　へえ、新聞社の坂さんが、警察が何を調べているか、喋《しゃべ》っていったんですか」

秋村は、面白そうに笑った。

「それでですね。仁吉さん、警察は望月さんが仕事絡《がら》みで、何か人に話せない事をしたんで、撃たれたんだと思ってます」

「へえ。理由は？」

「彼の息子さんが、入院中でして。先だって手術をしたようなんですが……入院費と手術代、先日まとめて払っているんですよ」

望月は、子供の長引く入院で蓄えが底をつき、金に困っていた筈《はず》なのだ。なのに、ある日突然支払いをした。そして警察は、その金がどこから出たのか、まだ摑んでいない。

「親戚も貧乏士族で、やはり金に困っているくちでして。借金を重ねていた友人達には、今回は貸してもらえなかった。金を融通した人が、見つかっていないんですよ」

だが、しかし。

「望月さんの周りで、不正に金が無くなったという事実はありません。多報新聞の経理も見ましたが、きちんとしてました」

他に、望月が手を付けられそうな金は思いつかない。出所不明の金があるのに、盗られたという者がいなかった。秋村は珈琲を飲むと、おや上手く淹れていると言った後、仁吉の目を見た。

「彼はどこから金を、調達したんでしょう。あの歳でやったことのない、ものもらいか泥棒でも、したんでしょうかね」

望月当人は、今、訳を聞く事も出来ない状態であった。

「捜査は、ここでつっかえてまして。苦労してます」

何か妙案はありませんかと言われ、仁吉が顔を顰めた。

「巡査だろう。自分で考えたらどうだ」

そういえば江戸の頃も、考えに詰まると、直ぐ長崎屋の離れにやってくる岡っ引きがいたと、仁吉は苦笑を浮かべた。それから直ぐに、表情を引き締める。

「ひょっとしたら……本当のところを聞かれたくない者がいて、望月さんが話さないよう、撃ったのかもしれないな」

「きゅわ」

己の分を食べてしまった鳴家達が、うんうんと適当に頷き、仁吉のケーキに熱い眼差しを注いでいる。秋村が自分のを半分切って、小鬼達の前に置き、食べていいよと優しく言った。

しかし。秋村が仲間でないからか、小鬼は皆、目を皿のようにしてそのケーキを見つめているのに、手を出さない。何としても見ているだけなので、秋村は溜息をついて、口に放り込んでしまった。

仁吉はここで、懐《ふところ》から書き付けを出すと、それを秋村の前に置く。

「望月さんは、どこからか金を調達した。仕事絡み限定なら、この内のどれかが、関係しているのかもしれないな」

明治十四年、神田の火事の件の記事。

武家の零落を書いた件。

コレラ流行時、商家に押し込んだ強盗の件。

人力車夫の強盗の件。

怪異に関わる記事。

先に坂が話していった、望月が書いた主な記事の内容が並んでいる。

ここで珈琲のお代わりを持って来た金次が、ポットを皆の前へ置くと、早くも粉が切れてしまったと言った。

「次に来る時にゃ、秋村さん、もっと沢山、持って来ておくれ」

「巡査って、薄給なんですよ」

この商会の片隅に寝起きできて、家賃がかからなくなれば、珈琲くらいもっと買えると言ったので、仁吉が秋村の頭をはたく。金次がへへへと笑い、書き付けを覗き込んだ。

「へええ、ここに書かれている事が、関係していると。なら、簡単じゃないか」

金次は思いつくまま、勝手に書き付けの話を繋《つな》げてゆく。

「火事の時、零落して車夫となっていた武家が強盗と化し、商家に押し込んだんだな」

その金を車夫の知人の望月が、勝手に使ったら、妖の巡査に見つかったので、殺された訳だ。

「あのね金次さん。望月さんを撃ったのは、警官じゃありません。使われたピストルも、警察のものとは違うし」

秋村は笑い飛ばそうとして椅子から立ち上がった。仁吉はテーブルに両の手をつくと、目の前の書き付けへ顔を近づけ、つぶやいた。

「そうか……金次が思いついたように、二つ、三つの件が、裏で繋がったという事はあり得るな」

すると妖達が、わらわらと集まって来て、金次に続けと、考えを喋り出した。

「きゅんい。火事の時、車夫が人力車で、お宝を運んだ」

それだと、感謝されそうだなと仁吉に言われ、鳴家は嬉しそうに笑っている。

「良い事。ごほうび、ちょうだい」

皿に残っていた仁吉のケーキへ、何匹かが手を伸ばす。だが、他の鳴家達も寄ってきたものだから、睨《にら》みあいになった。次に鈴彦姫が語る。

「こんなのはどうでしょう。お武家が昔、火事場泥棒をしていた。最近その事を知った望月さんが、お武家を脅して、お子さんの入院費を手にした。でも、お武家に撃たれちゃったとか」

「鈴彦姫、泥棒するほど金に困ったお武家が、ピストルを持ってたのかい？」

獺に聞かれ、鈴彦姫が首を傾げる。獺は、吝嗇《けち》な男が、田舎の蔵にお宝を隠したのではと言い出した。

「だが、火事で焼け死んで、お宝の在処《ありか》を知っている者がいない」

中で取り残された付喪神《つくもがみ》が、出たいと癇癪《かんしゃく》を起こしたところへ、怪異の取材に行った望月が、蔵を見つけた。だが。

「自分の蔵ではないから、望月さんは、そいつを放っておいたのさ。それで益々怒った付喪神が、江戸まで追ってきて、望月さんを殺しちゃったんだ」

どうだ、素晴らしい考えでしょうと勝手な思いつきに胸を張る獺へ、金次がにたりと笑いかける。

「獺、怪異は蔵から出て、江戸まで来られるんだろ？　なら自由の身だ。望月さんに怒る事もないじゃないか」

「あ、あれ？」

あぁでもない、こうでもないと推理をする妖達は、楽しげだ。それに目を向けてから、秋村と仁吉は、視線を交わす。秋村が、巡査として問うてきた。

「問題は、金です。望月さんが関わった件の内、どれが金を生みそうですかね」

「火事でも強盗でも、金は動いたかもしれん。だが、火事じゃ事の裏付けは取れないわな」

強盗の件なら、警察で確かめられる事が、あるかもしれない。賊は捕まり、既に全員死亡したとある。盗んだ物は、全部返ってきたのだろうか。

「さっきの獺の話じゃないが、もしどこかにお宝が残っていたとしたら」

色々話は出来そうであった。つまり望月が撃たれた事件は、かなり以前の犯罪が絡んでいるかもしれないのだ。そういう金であれば、なかなか出所が分からなくても無理はない。

だが、疑問もあった。

「例えば強盗は、全員死んでいます。誰に、どうして望月さんは、狙われたんでしょう」

その時。

「きゅんぴーっ！」

ケーキの残りを巡って、鳴家達がテーブルの上で、大喧嘩を始めた。四匹が団子になったと思ったら、ころころ転がって、終《しま》いにはテーブルから落ちてしまった。

床のタイルにぶつかると、揃《そろ》って泣きだし、鈴彦姫が慌てて、傷に付ける薬を取りに走る。一匹で泣くのはさみしいようで、鳴家達は床でまた団子になり、くっついたまま、めそめそしていた。

見ていた仁吉が、ふっと息を吐くと、結論を出す。

「ああ、こういう事が起こったのかもな」

秋村が目を細め、丸くなっている鳴家達を見つめた。

「望月さんには、一緒に金品をねこばばした仲間がいた訳か」

隠していた不正な金品が原因で、望月が撃たれたとしたら。その金品の事を良く知っている仲間が、一番怪しい。そして襲われた訳を、仁吉はあっさり思いついた。

「望月さんは、ずっと金に苦労していたんだよな」

つまり手にいれたお宝は、使えなかったのだ。盗まれた剣呑《けんのん》な金品故《ゆえ》、ある時期になるまで手を出さないという約束が、仲間内で出来ていたに違いない。

だが望月は今、金が必要だった。

「どうにも工面が出来ず、息子の医者代を、お宝を売って作ったんだろう」

それで、支払いが出来た訳だ。

この時、秋村が立ち上がった。仁吉へ一つ頭を下げると、直《す》ぐに帰ると告げる。

「急ぎ警察に戻って、望月さんが仕事で関わった強盗や火事のこと、調べてみますよ」

「おや帰るのか。またケーキと珈琲をおくれ」

金次はそういうと、仁吉が手を付けずにいたケーキを、ぱくりと食べてしまう。

「うん、良い味だ」

仁吉は戸口の鍵を開けると、秋村を送り出した。

5

最近の長崎商会には、突然来る客が多い。

その日、もう空も暮れかけた頃、約束もなく訪れたのは、多報新聞の坂であった。初老の記者は長崎商会に入ると、笑みを浮かべ、仁吉へ吉報を持って来たと言ったのだ。

「仁吉さん、素晴らしいお知らせです。気にしておいでだった投書、送り主が分かりました。名を、矢立《やたて》さんと言われました」

「おや、封書が見つかったんですか」

矢立の住所は運の良い事に、煉瓦街からはそう遠くない所であるという。

「私もあの変わった投書の意味を、知りたい。もしよろしければこれから、矢立さんを訪ねませんか？」

「今からですか？」

仁吉は片眉《かたまゆ》を上げ、ステンドグラスの窓越しに、藍色《あいいろ》に変わっている空を見る。坂は笑って、矢立が学校に行ったり、働いているとしたら、日中に行っても会えないだろうと言った。

「ああ。それはそうですね」

仁吉は頷くと、急ぎ長崎商会を早じまいとし、上着のとんびを羽織る。鈴彦姫達へ後の事を頼んでいる間に、坂は機嫌良く、最近警察は何か摑《つか》んだだろうかと問うてきた。こうして仁吉へ、嬉しい知らせを持って来たからには、自分にも何か耳寄りなことを聞かせてほしいと、その目が語っている。

「私は巡査じゃないんですよ」

出かける支度をした仁吉が、つれなく言うと、坂は不満げな表情を浮かべる。仁吉はうんざりした口調で言った。

「そんなに警察の動きが知りたいなら、四丁目の巡査派出所で、秋村巡査を誘っていきましょう。同道すれば、彼に直接あれこれ聞けますよ」

　秋村にも、例の投書の事は話してあるから、きっと興味半分、一緒に来るだろうと仁吉は言う。坂は、一瞬驚いた表情を浮かべたが、やがてゆっくりと頷いた。

「そうですね。今警察がどこまで調べているか、秋村さんなら知ってる筈だ。事件の日、真っ先に多報新聞社へ来たお人だ。あのお人が一番、今回の件に詳しいんですよね？」

「そう聞いてます。あれでなかなか、鋭い感じがします」

　仁吉の言葉に、坂も頷く。そして外へ出る前に、大きな襟巻きを首に巻き付け、帽子を被《かぶ》った。

「今日も随分と寒い」

　長崎商会は煉瓦街の内でも京橋寄りにあるが、秋村を拾う為《ため》、ちょいと回り道をして、四丁目へ寄る事になった。矢立というお人は、銀座からだと居留地の方へ向け、大分歩いた所に住んでいるという。

　二人が巡査派出所へ顔を出すと、少し前に交代時間になったという秋村が、まだ残っていた。何やら調べに進展があったらしく、当番の巡査相手に、上機嫌で無駄話をしていたのだ。

「仁吉さん、坂さん、かなり事件が分かってきたんですよ。上司達より先に、あれこれ見えてくるなんて、俺はやはり優秀だなぁ」

秋村は、仁吉達がこれから投書主を訪ねると聞くと、直ぐに己も同道すると言い、制服のコートを着て提灯《ちょうちん》を手に取る。三人で歩みだすと、直ぐに後ろから、秋村の自画自賛が聞こえてきた。これで手柄を立てられる、昇進間違いなしと、浮かれているのだ。

「一体、どんなことがお分かりになったんです？　秋村の旦那《だんな》」

さっそく坂が興味を示し、それとなく問う。しかし浮かれていても、秋村は警官であった。

「坂さんは、新聞の記者さんだからなぁ。事件の詳しい話なんか、できないですよ」

「そこを何とか。私も一面記事、書いてみたいんです」

「だ、め」

「そんな。でも今日は、粘りますからね」

気がつけば話している間に、一気に暗さが増してきた。

「暮れてきただけじゃない。煉瓦街から離れたからか」

仁吉が提灯の明かりで、道を確かめる。東京になっても昔と変わらず、海に近い辺りは堀川と橋が多い。そして、夜はしっかり闇《やみ》に包まれていた。

「今日は空に雲が掛かって、星明かりもないしねぇ」

自慢話にも飽きたのか、秋村がそう言って道沿いを流れている川へ、提灯の明かりを向ける。しかし淡い明かりは、堀端の草むらを僅《わず》かに照らしただけで、闇に呑《の》まれ、水面へは届かなかった。

「こうして暗闇を歩いてると、時が巻き戻されたように感じますよ」

仁吉は歩きつつ、しみじみと言った。江戸の頃は夜の訪れと共に、町が一気に闇へと沈んだ。

(だからあの頃は、若だんなが勝手に夜歩きするのが、怖かった。私や佐助が供をしてなけりゃ、剣呑で)

武家の支配は消え去ったが、今も様々なものがこの地には、残っている。

(明治の世は、まだまだ何もかもが途中だ)

夜は明るくなったが一部のみだし、新しい暮らし、新たな生業《なりわい》をつかみ取るのも大変だ。全《すべ》てを自分で、あがくように作り上げていかねばならないからだ。

この地は、希望と興味と力強さに溢《あふ》れてはいる。だが反面、厳しさと無情さにも満ちていた。時を越え、アーク灯の明かりにまでたどり着いた妖、仁吉はそれを感じていた。

（それが明治、か）

その時。首筋の辺りが不意に、ちりちりとした。

（おや、何の気配だ？）

夜目のきく仁吉は、周りへ素早く目を向ける。すると二人の連れと、少し離れてしまっていた事に気がつき、川沿いの道で足を止めた。暗さの中から、坂と秋村の話す声が、伝わってくる。

「秋村の旦那、分かりました。誓います。一面記事は諦《あきら》めます。決して、誰にも言いませんから、警察が摑んでいることを教えて下さいよ」

「あはは、記者にそんなこと言われてもねえ」

だが。ここで秋村は、「あん？」と、少しばかり緊張を含んだ声を出した。そして急に何を思ったのか、坂へ、では上司すら知っていない話をしてあげようと、言い出したのだ。

「ただし他言は無用だ。そこの所は、分かってるね？」

「旦那、勿論《もちろん》、勿論」

「提灯が見える。仁吉さんも直ぐ先で聞いてるね。俺の調べた事、そして考えが当たっているか、聞かせておくれな、途中で口を挟んでも良いよ」

「分かりました」

見ると、まだ少し後ろにいる巡査の顔が、笑っているのが分かった。

「じゃあ話すよ。望月さんが撃たれた、あの事件だけど」

優しげな声が、人の命を狙った凶事を語る。暗闇に三つの提灯の明かりだけが、ゆらゆらと揺れていた。

「俺はさぁ、望月さんが以前関わった件の内、大枚やお宝が失《う》せた事はないか、調べてたんだ」

火事場で失せた金品については、燃えたか火事場泥棒に盗《と》られたか、どうしても分からなかった。商家に強盗が押し込んだ件では……盗まれた品物は賊が売りさばき、金は使ってしまったとされていた。賊が全員死亡した今、品物の行方など分からない。

ただし。

「昔、盗まれた品が何だったか、警察には記録が残ってる。一つ、二つならともかく、まとめてその品が表に出てきたら、気がつく者がいるかもしれないね」

ここで仁吉が問う。

「おや、盗まれた品は売られたんじゃなく、どこかに隠されていたと、思ってるんですか?」

「まだ、はっきりしない。肝心要《かんじんかなめ》の、お宝の隠し場所が分からないしぃ」

巡査らしからぬ、少々甘ったれた口調が返って来た。夜の中、妖の言葉はたがが外れそうで危うく、仁吉は声が届く所に人がいないか、ゆっくりと辺りへ気を配る。

秋村は、楽しそうに話を続けた。

「で、さ。もしそのお宝が残っていたとすると、望月さんが撃たれた件で、一つの話が作れるんだよ」

「話、ですか?」

「坂さんには以前、聞いたよね。望月さんの息子さんの入院費、貸したかって?」

確か坂は、貸していなかった。以前用立てた入院費も、まだ返してもらっていないからだ。他の知り合いも、出す事は無理だったと覚えている。だが。

「望月さんは、何故《なぜ》かその費用を支払えたんだよ」

秋村の声に、微《かす》かな笑いが含まれる。

「昔……といっても、そう前の話じゃない。ある士族出の記者がいたんだ」

明治の世になって、真面目《まじめ》に働いているのに、暮らしていくのに難渋していた。家族は病がちで金は貯《た》まらない。若くない者にとって、世の中がひっくり返ったのは辛《つら》い。

その時、だ。

「他社の一面記事を後追いしている内に、賊が残したお宝を、見つけちゃったんだな」

多分、見つけた時は既に、事件は幕引きを迎えていたのだ。今更盗まれた品物を表へ出しても、犯人逮捕のような華々しい記事は書けない。それよりも……。

「その記者は、若くはなかった。先々の暮らしが心配だったんだろうさ」

壮年になってから、新しい職に就いたのだ。真面目に今の社で勤め上げても、無事老後を支えるだけの蓄えは出来ない。江戸はある日、いきなり明治に化けてしまった。多くの者には、先々に備えるだけを稼ぐ時が足りなかった。

話を聞く坂の顔が、強《こわ》ばっている。秋村の足が、止まった。

「その記者は、似た境遇の仲間に相談したんだろう。お宝が目の前にある。しかし下手をすると、自分が犯罪者として記事に書かれる立場になる。どうしようって」

警察には、盗まれた品物が戻ったとの、記録は無かった。つまり、だ。

「記者達は、お宝を、皆の老後の蓄えにする事にしたんだよ。何故老後と限定できるのかって？　まだ品物が世に出て来てないからかな。当時は金品を使わなかったんだ」

　何人仲間がいたのかは分からない。しかし最初にお宝を見つけた記者が、老後まで持ちこたえられなくなった。病気の子供の医者代がかさみ、仲間が手持ちの金を貸すくらいでは、追いつかなくなったのだ。

「秋村さん！　あんた撃たれた望月に、罪を着せる気か」

　坂から怒りの声が上がる。しかし、秋村は黙らなかった。

「目の前にお宝があるのに、子供の手術を諦めるなど、望月さんには出来なかったんだろうな。結局……勝手に使っちまったんだ」

　仲間にとっては、先々の暮らしが吹っ飛ぶに等しい、とんでもない裏切りだったに違いない。しかも望月の息子はまだ入院しているから、更なる入院費が必要であった。望月は、今後も金を使いたいと、新聞社の裏で会った仲間に言った筈だ。

「だから、仲間の一人の箍《たが》が外れた。我慢できなくなって、撃っちまったんだ」

　ピストルは新聞に広告が載る商品なのだ。つまり、その広告を扱う記者が、上手《うま》く口実を設ければ、買っても怪しまれることもなかっただろう。

「俺はこんな話をこしらえてみたんだが」

　秋村はそう話をくくると、暗い道をひょいひょいと歩み、仁吉に追いついてくる。

その後から来る坂は、顔を強ばらせていた。仁吉はここで、あの奇妙な投書が送られた訳も、分かった気がした。

（あれは望月さんが金に換えた品物……つまり付喪神が、出した投書じゃないのかな）

　矢立というのは本名というか、妖そのもの、つまり矢立の付喪神ではないかと思いつく。

　当人が妖仲間へ知らせを送ったか、それとも盗まれ、蔵へ閉じ込められた他の付喪神が、己も出たいと、助けを求める文を託したのか。下手に隠されている場所を示すと、他所《よそ》へ移されてしまうかもしれないから、妙な文になったのではと思えた。

（出した主は、若だんなではないのか……）

　まだ会えないのかと、微《かす》かに胸が痛む。待っている妖達に、報告するのが辛い。大きく息を吐き出したその時、近くからまた秋村の声が聞こえた。

「望月さんを撃ったのは、坂さんではない」

「旦那、今度は何を言い出すんですか」

「撃たれた時、仁吉さんと一緒に、社内にいたからね」

　しかし。

「坂さん、撃った人の見当は、ついてるよね？　何故ってさ、倒れてた望月さんを見て、坂さん、戸口を塞いだんでしょ。立ちすくんだ振りして」

そして咄嗟《とっさ》に、まるで終わった事のように、望月の事を語り出した訳だ。そのせいで、もう望月は亡《な》くなっている事を前提として、皆、動く事になった。

「仁吉さんもそういう、過去の形の言葉を何度も聞いて、考えが次へ行ってしまったんだ」

坂はその場の考えを警察へ向け、医者から……いや、すぐ近くにまだいるかもしれない犯人、己の仲間から逸《そ》らしたのだ。

「なんと、まあ……それが答えか」

仁吉が呆然《ぼうぜん》とする。坂は怒った。

「無茶言わないで下さい。証拠がある考えじゃ、無いでしょうに」

「私がこの話を上司にしたら」

秋村が、とても明るい笑みを浮かべた。

「この辺りの古道具屋とか質屋に、一斉に調べが入るな」

望月が売り払った品が、強盗に盗まれたものかどうか、確かめる事になる。本当にその時の品だと分かったら、昔の盗みをまた調べ直す筈であった。

何人もの仲間たちの老後を支えるだけの金品となれば、一財産だ。古い事件でも、その財産が戻ると踏んだら、警察は動く。

「さてこの考えを、仁吉さん、どう思う?」

「坂さんが、戸を塞いで事を済んだように話したって考え、驚いたよ」

しかし、そうかもしれないと、今思う。

「では、二人の意見は一致したということで」

秋村が勝手に判断し、笑った。提灯の明かりで闇に浮かんだ秋村の姿を、坂がじっと見つめ続けている。

その時。

「ひ、ひゃあああ」

奇声と言うべき言葉と共に、道脇《みちわき》から、秋村へ突進してきた影があったのだ。闇の中からの不意打ちであった。総身を秋村へ打ち付け、堀川へ突き飛ばしたいのに違いない。

(怪しい気配の主は、こいつか!)

一瞬驚きはしたが、仁吉は落ち着いて、その無謀な攻撃を見ていた。秋村は妖であり、巡査であり、楽にその動きをかわせると思ったからだ。逃げずにいたので、秋村は男を捕まえる気だと思い、声も掛けずにいた。

ところが。

「わっ、秋村さんっ」

今し方まで威張って話していた巡査が、あっさり突き飛ばされ、堀川へ転落してしまったのだ。大きな水音が響いた。

「馬鹿《ばか》な」

そう思いはしたものの、季節は冬で水は冷たい。しかもコートを着ていては、咄嗟に脱ぐ事も出来ず、水底に引っ張られかねない。

急ぎ堀川の畔《ほとり》に降り、水面へ手を差し出すと、秋村を突き飛ばした男が、仁吉をも襲ってくる。暗闇の中提灯を向け、男を見た。

「あんたは確か、同じ多報新聞の記者……」

驚きの声を上げた時、また別の影が思い切り、こちらに突っ込んできた。

（もう一人いたか）

避けようか、殴り倒そうか迷った時……仁吉は暗い水の内に、秋村の笑い顔が見える事に気づいた。

（あいつ、わざと堀川へ落ちたのか）

その事は分かったが、しかし理由は思いつかない。

（こいつ、何考えてやがる）

そこへ、死にものぐるいの人影が突っ込んでくる。記者達は保身のため、金の為、仁吉を始末しようと必死なのだ。

（このまま何事もなかったように、家へは帰れないだろうな）

仁吉は口を引き結ぶと、最初の一人を避けた後、水の中へ目を向け、また秋村を見た。すると不意に、秋村の意図を知りたくなり、試しに己も堀へ落ちてみる事に決めた。

（南無三《なむさん》）

水しぶきが上がった。

6

「何でもっと早くに、助けに来てくれないんだっ。仁吉の阿呆《あほう》。ずっと、ずーっと蔵に閉じ込められてたんだぞ！」

長崎商会へ来た屏風《びょうぶ》のぞきが、百回ほど文句を言い続けたので、仁吉は十分うんざりした。つまり、百一回目の文句は聞きたくなかったので、付喪神へ恐《こわ》い顔を向ける。

「屏風のぞき、今度煩く言ったら、堀へ放り込むぞ」

断言すると、商会の部屋はやっと静かになった。すると、横からそのやり取りを見ていた金次が、へらへらと笑う。

「明治も初めの頃、盗人《ぬすっと》に本体の屏風を持って行かれたのは、気の毒だったな。でもそりゃ屏風のぞきが、お間抜けだったからだよねえ」

とにかくそれから十何年も、屏風のぞきは皆と離れていたのだ。それが余程嫌であったらしく、文句の山となった訳だが、言い訳も忘れなかった。

「私は間抜けじゃない。今回、蔵から逃れた矢立に、投書を頼んだのは私だぞ。投書の最後には、一と付けておいた。若だんなを思い起こさせた方が、仁吉さん達は早くに動くからな。だからあの字を付けたんだ」

「おんやぁ、あの投書、そういうことだったんだ」

金次は驚いたものの、そんな智恵《ちえ》があるなら、賊からとっとと逃げ出すか、相手をやっつければ良かったのにと言う。屏風の付喪神は貧乏神の金次へ、ふてくされた顔を向けたが、次に文句を向けた先は、同じテーブルにゆったりと座っていた秋村であった。

「何で長崎屋に、知らない顔がいるんだ？」

「きゅい、今は長崎商会。屛風のぞき、お馬鹿」

鳴家達が、屛風のぞきの膝《ひざ》でぽんぽん跳ねながら、生意気な事を言ったので、付喪神は小鬼の頰をつまむ。

「ぎゅべー」

しかし疲れたと言って、それ以上大した事はしなかったので、鳴家達は久方ぶりに、屛風のぞきの膝に集まって遊んだ。秋村が笑う。

「俺は近くの派出所の巡査だ。まぁ、ご覧の通り、人じゃあないけれどね」

秋村によると、明治になってからこっち、アーク灯の光の下に、時々姿を現す妖達を見かけるのだそうだ。もっとも強い光の側《そば》には、濃い闇がある。人ならぬ者達は、その闇に巣くいつつ、表へ出ているのだろうという。

「他にも、巡査の制服を着た奴《やつ》を見たよ。お互い、無視しているが」

今日は金次のご要望通り、珈琲を沢山持って来たのだと、秋村は言った。何しろ秋村は、失せたと思われていた盗品の山を取り戻し、大手柄を立てたのだ。近日中に一階級、上がること間違いなしだと、妖の巡査は明るい表情を浮かべている。金一封も出た故、長崎商会へ差し入れを持って来た訳だ。

「やれやれ。川岸で坂達記者に襲われた時、秋村さんはわざわざ川へ落ちて見せた。溺《おぼ》れたと見せかけたんだよな」

おかげで仁吉も寒い中、泳ぐ羽目になったことを、苦々しく思い出す。

仁吉達が堀へ潜った後、二人が随分長く浮かばなかったものだから、記者達は無事始末出来たと思い込んだらしい。

すると男らは、堀川を離れた。事が露見しかかったので、不安になったのだろう。長く長く、金品を必死の思いで隠し続けてきた蔵へ、警察の手が及んでいないか確認しに行ったのだ。

「ついていっただけで、盗品の在処が分かった」

記者達は厳重に蔵を閉じて帰ったが、秋村と仁吉は遠慮なく、強引に鍵《かぎ》を壊してしまった。二人は暗い中でも物が見えたから、悠々と蔵を確かめたのだが、そこで仁吉は驚く事になったのだ。

「まさか、屛風のぞきがいるとは思わなかった」

「あのさ、俺を助けに来てくれたんじゃ、なかったのか？」

矢立へ投書を託し、助けを待ち続けていた付喪神は、頰を膨らませている。横で秋村が笑った。

「私は蔵にあった盗品の事を、翌日になってから、警察に知らせました。そのおかげで、屛風さんをさっさと連れ帰れて、良かったですね」

警察が先に蔵へ踏み込んでいたら、長崎商会が盗品である屛風を取り戻す事は、難しかっただろうと、秋村は言うのだ。

「私のやり方は、正しかった」

「何をいうか。金とか、足がつかずに売れるものなんかをより分けて、仲間の警官が来る前に、どこかへ隠したくせして」

「屛風のぞきさん、そりゃ手間賃というもんです」

この危うい巡査は、堀川へ突き落とされ、殺されかけた翌日、何事もなかったかのように仕事に出ていた。そして秋村の欠勤を確かめる為、巡査派出所へ様子を窺《うかが》いに来た坂へ、楽しげに挨拶《あいさつ》をしたのだ。

坂は派出所から直ぐに姿を消したが、向かった先は、聞かなくても分かった。警察が大勢で調べを続けている、例の蔵だ。

「坂さんも、同年配の記者さん達も、急に多報新聞社を辞めたって話ですね」

地方の親戚《しんせき》を頼ると言い、揃って東京を出たらしい。

「まあ、ご老人らは、その方が安心だろうね」

国の体制が変わった後、まだ警察組織は完成とはほど遠い状態であった。やっと警察学校が、卒業生を出し始めたばかりなのだ。

秋村は、盗人達の事は、警察に報告していない。つまり遠方へ行き大人しく暮らしていれば、彼らが捕まる心配は、まずないはずなのだ。仁吉も頷いた。

「撃たれた望月さん、持ち直したと言ったよな。じきに退院だろうが……さて、一人残された彼は、この先どう出ると思う？」

「自分も盗人の一人だとは、絶対言わないでしょうね」

つまり誰に撃たれたのか、分からないと言い張るに違いない。

「金を失って、やけくそになられると困るので、入院費くらいは届けておきました」

秋村は、姿を消した仲間からだと言っておいたようだ。

「やれ、記者さん達は世の大事を、記事に書いてた。なのに目を向けてたのは、自分の老後の事ばかりだったんですねえ」

秋村が溜息《ためいき》を漏らしていると、そこへ金次が、美味《うま》い珈琲をたっぷりいれてきた。だが今日は、甘い菓子が添えられていない為か、鳴家達がふてくされて、テーブルの上で転がっている。仁吉が甘いもので妖を釣っては駄目だと言ったので、秋村は今日、菓子を持ってこなかったのだ。

「きゅい、若だんな、まだ？」

「もうすぐ会えるよ。鳴家、こら、何で遊んでいるんだ」

小鬼がじゃれ始めたのは、秋村が失敬してきた江戸の小判や一朱金などで、妖の巡査は、せっかく懐に入れた金に、何とも執着がない。鳴家と一緒に、玩具《おもちゃ》代わりに遊びだしたので、仁吉が金を取り上げた。

「ただ面白がって、金をくすねたんだろ。ああ、人の世で生きてるってぇのに、妖は本当に、人とは違う」

溜息が出る。

「早く若だんなに戻って頂いて、この無茶巡査をどうするか、決めて頂きたい」

「うん、俺も早く、若だんなに会いたい」

「きゅい、一番に会うのは、鳴家。絶対に鳴家！」

皆がわいわい話している内に、屏風のぞきはほっとしたのか、慣れないソファで寝てしまった。これで佐助が帰宅すれば、いつ若だんなが戻ってきても、大丈夫な筈であった。

だから。

「若だんな、早く現れて下さいね」

仁吉がそっとつぶやく。もうずっと、長崎屋の皆は待っているのだ。江戸を越え、明治を突っ切りつつ待ってる。

するると。

この時、長崎商会の一同宛《あて》に、手紙が届いたのだ。妖に手紙が来る事は珍しく、誰からの便りかと、仁吉が急ぎ確かめる。

「おや、佐助からだ」

珍しいなと言いつつ封を切る。目を通した途端、仁吉はしばし黙り込んでしまった。

「きゅんい？」

「仁吉さん、どうしたんですか？　佐助さんは、何を書いてきたんです？」

「おい、黙ったままじゃ、わからねえよ」

金次に脇を突かれ、仁吉が皆の方へ顔を向ける。己がどんな顔をしているか、とんと分からなかった。

「仁吉さん？」

声がかすれる。

「若だんなに違いない人が、見つかったそうだ。これから会いに行くと書いてある」

あの佐助が、間違いないと言っている。つまり……つまり！

「長い長い日々待った。本当に長かったが……ようやく若だんなと、会える日が来たってことか」

「きゅんいっ、きゅんげっ、きゅわわわわーっ！」

鳴家《やなり》達の大声で屛風のぞきが飛び起き、訳の分からぬまま、辺りを見回している。皆は一斉に、あれこれ仁吉に問い始めた。

「きゅい、若だんな、いつ帰るの？」

「佐助さんは、何と？」

「若だんな、今のお名前は？」

「へっ？　ああ、そうか。生まれ変わってるんなら、一太郎じゃないわけか」

「今、幾つなんだ？」

仁吉は己が、一番呆然としている気がした。若だんなの祖母おぎんと共に、千年も時を越え、鈴君と出会ってきた。なのに、いざ若だんなを待つと、会えるかどうか心細くなっていたのだ。

「ああ……本当に会えるんだ」

長き時が埋まって行く。手紙をテーブルに置くと、皆の目が集まる。鳴家達が読もうとして集まり、机を埋めてしまったので、誰も手紙を読めない。

「きゅんげ」

「おい、手紙の上から、どかないか」

「金次さん、どうしましょう。夕飯、やなりいなりがいいですかね？」

「鈴彦姫、いくら何でも、夕方東京に来るって事はないだろう。明日か？　明後日《あさって》か？」

「きょべ、一緒に大福、お団子、羊羹《ようかん》、花林糖、食べる」

「若だんなは、今も体が弱いのかねえ」

皆はまた半分狼狽《うろた》えつつ、あれこれ話しては、椅子《いす》に座り、また立ち上がってうろついている。とにかく皆、今にも戸が開き、懐《なつ》かしい人が現れるのではないかと、表へ目ばかり向けていた。

本書は文庫オリジナル作品集です。

初出一覧

五百年の判じ絵　「yomyom vol.32」
太郎君、東へ　「小説新潮」二〇一〇年十一月号
たちまちづき　「yomyom vol.16」
親分のおかみさん　「yomyom vol.22」
えどさがし　「yomyom vol.25」

畠中恵著

いっちばん

病弱な若だんなが、大天狗に知恵比べを挑む！　妖たちも競い合ってお江戸の町を奔走。火花散らす五つの勝負を描くシリーズ第七弾。

畠中恵著

ころころろ

大変だ、若だんなが今度は失明だって!?　手がかりはどうやらある神様が握っているらしい。長崎屋を次々と災難が襲う急展開の第八弾。

畠中恵著

ゆんでめて

屏風のぞきが失踪！　佐助より強いおなごが登場!?　不思議な縁でもう一つの未来に迷い込んだ若だんなの運命は。シリーズ第9弾。

畠中恵著

やなりいなり

若だんな、久々のときめき!?　町に蔓延する恋の病と、続々現れる疫神たちの謎。不思議で愉快な五話を収録したシリーズ第10弾。

畠中恵
柴田ゆう著

しゃばけ読本

物語や登場人物解説から畠中・柴田コンビの創作秘話まで。シリーズのすべてがわかるファンブック。絵本『みぃつけた』も特別収録。

畠中恵著

つくも神さん、お茶ください

「しゃばけ」シリーズの生みの親ってどんな人？　デビュー秘話から、意外な趣味のこと、創作の苦労話などなど。貴重な初エッセイ集。

新潮文庫最新刊

池内紀
川本三郎
松田哲夫 編
日本文学100年の名作 第4巻 1944-1953 木の都
小説の読み巧者が議論を重ねて名作だけを厳選。日本文学の見取図となる中短編アンソロジー。本巻は太宰、安吾、荷風、清張など15編。

池波正太郎・古川薫
童門冬二・荒山徹 著
北原亞以子・山本周五郎
末國善己 編
志士 ―吉田松陰アンソロジー―
大河ドラマで話題！　吉田松陰、高杉晋作、久坂玄瑞、伊藤博文……。松下村塾から日本を変えた男たちの素顔とは。名編6作を厳選。

吉川英治 著
新・平家物語（十二）
入洛し朝日将軍と称えた木曾義仲。しかし、法皇との衝突、行家の離反、平家の反攻で窮地に陥り、義経・範頼の軍に攻め込まれる。

杉江松恋 著
神崎裕也 原作
ウロボロス ORIGINAL NOVEL ―イクオ篇・タツヤ篇―
一つの事件が二つの顔を覗かせる。刑事イクオが闇の相棒竜哉と事件の真相に迫る。人気コミックスのオリジナル小説版二冊同時刊行。

瀬戸内寂聴 著
烈しい生と美しい死を
百年前、女性たちは恋と革命に輝いていた。そして潔く美しい死を選び取った。九十歳を越える著者から若い世代への熱いメッセージ。

曽野綾子 著
立ち止まる才能 ―創造と想像の世界―
母と私は、父の暴力に怯えて暮らしていた――。50年を超えて「人間」を書き続ける著者がいま明かす、その仕事と人生の在り方。

新潮文庫最新刊

コロッケ著
母さんの「あおいくま」
ものまね芸人コロッケが綴る母の教え「あおいくま」のこと、思い出の数々。人にとって大切なことが伝わる感動の生い立ちエッセイ。

キュッヒル真知子著
青い目のヴァイオリニストとの結婚
夫はウィーン・フィルのコンサートマスター。世界最高のヴァイオリニストの夫人が綴る、意外な日常、仕事、国際結婚の喜びと難しさ。

小倉美恵子著
オオカミの護符
「オイヌさま」に導かれて、謎解きの旅へ――川崎市の農家で目にした一枚の護符を手がかりに、山岳信仰の世界に触れる名著！

稲泉　連著
命をつなげ
――東日本大震災、大動脈復旧への戦い――
東日本大震災の被災各地を貫く国道45号線は、わずか1週間で復旧した。危険を顧みず東北の大動脈を守り続けた人々の熱き物語。

石井光太著
地を這う祈り
世界各地のスラムで目の当たりにした、貧しき人々の苛酷な運命。弱者が踏み躙られる現実を炙り出す衝撃のフォト・ルポルタージュ。

石原千秋監修
新潮文庫編集部編
新潮ことばの扉
教科書で出会った名詩一〇〇
ページという扉を開くと美しい言の葉があふれだす。各世代が愛した名詩を精選し、一冊に集めた新潮文庫百年記念アンソロジー。

えどさがし

新潮文庫　は－37－12

平成二十六年十二月　一　日　発　行
平成二十六年十二月二十五日　三　刷

著　者　畠《はたけ》　中《なか》　恵《めぐみ》

発行者　佐　藤　隆　信

発行所　株式会社　新　潮　社

郵便番号　一六二―八七一一
東京都新宿区矢来町七一
電話　編集部(〇三)三二六六―五四四〇
　　　読者係(〇三)三二六六―五一一一
http://www.shinchosha.co.jp

価格はカバーに表示してあります。

印刷・錦明印刷株式会社　製本・錦明印刷株式会社

ISBN978-4-10-146132-8 C0193